Que suis-je ?

Du même auteur :

Nouveau départ – Roman

Valérie Régnier

Que suis-je ?

Roman

Chapitre 1

6 h 40. Une nouvelle fois, je me lève sans entrain, complètement épuisée, comme si je n'avais pas dormi. Je me couche de plus en plus tôt, mais la fatigue me gagne un peu plus chaque jour.

Pas le temps de me lamenter. Je dois me doucher, m'habiller et prendre mon petit-déjeuner avant de réveiller les enfants, qui, comme à leur habitude, vont se plaindre. À mon entrée dans la salle de bain, Jean me dépose un baiser humide à la commissure des lèvres que je garde serrées. Il n'a pas le temps de se sécher, je file directement sous le jet d'eau en le regardant à peine. À ma sortie, Jean est déjà prêt. Rayonnant, comme tous les jours.

7 h. Je déambule chambre après chambre pour réveiller nos quatre enfants les uns après les autres. Je commence toujours par Valentin qui a le réveil facile, avant d'enchaîner avec mes grincheuses. Ce sera Juliette la deuxième, puis Louison et enfin Clémentine, qui, à l'opposé de son frère jumeau, peste à chaque lever. Je ne m'attarde pas à écouter ses arguments pour gagner quelques minutes sous la couette,

5

et allume la lumière de sa chambre. Le message est clair pour toutes les deux. Les réveils sont rythmés, toujours dans le même ordre, à la même heure. En période scolaire, tout s'enchaîne rapidement.

S'ensuit le petit-déjeuner où chacun prend sa place habituelle, sauf Louison et Juliette qui se battaillent une place fétiche, c'est donc un jour sur deux pour chacune. Si elles se perdent dans le roulement, c'est à moi de trancher. Bien souvent, je ne me souviens plus qui était assise sur cette chaise la veille.

Autour de la table, l'ambiance est maussade. Valentin et Clémentine, mes adolescents de quinze ans, ne sont pas causants ; Louison, douze ans, adore embêter son frère et ses sœurs. Elle aime faire monter la sauce pour commencer la journée avec des cris ; et enfin, Juliette, mon bout en train de neuf ans qui se prend pour une ado lorsque ça l'arrange, et qui n'hésite pas à retourner sa veste et à pointer du doigt cette période pour enfoncer le reste de la fratrie lorsqu'une bêtise est faite. Elle sait appuyer sur les faiblesses des uns et des autres, et sait comment leur faire perdre patience. Ma petite dernière est loin de se laisser faire !

8 h 05. Tout le monde est dans la voiture. Direction le collège, sous la pression de Louison qui a toujours peur

d'être en retard, et qui nous presse pour que nous soyons tous prêts dès le petit-déjeuner avalé. C'est pourquoi, nous partons quinze minutes avant l'ouverture des portes du collège, bien que nous n'ayons que dix minutes de trajet.

8 h 20. Arrivée devant l'école élémentaire pour Juliette qui court dès la portière de la voiture refermée. Son objectif : arriver avant que la directrice n'ouvre la grille d'entrée pour avoir le temps de discuter avec ses copines.

8 h 30. Clémence et Valentin sortent de la voiture en prenant tout leur temps, ils préfèrent arriver au lycée quand la sonnerie du premier cours retentit.

Heureusement, les trois écoles sont dans le même périmètre ! Aucune descente de voiture, aucun échange avec un autre parent.

8 h 45. Les jours se suivent et se ressemblent.

Je tourne la clé dans la serrure de la porte d'entrée de la maison, et prends une profonde inspiration avant de franchir le seuil de ce grand hall vide. À peine le temps de me déchausser, d'enlever ma veste et de poser mon sac à main dans le placard de l'entrée, et c'est parti pour une journée de routine.

Comme chaque jour, je commence par étendre le linge, repasser celui de la veille ; vider le lave-vaisselle ; ranger tout ce qui traîne par-ci, par-là, avant de passer l'aspirateur, puis la serpillière... et, enfin, le casse-tête pour nourrir ma tribu. J'adorais cuisiner il y a quelques années, c'est devenu une corvée. Peu importe ce qui est servi, ce sera agrémenté de plaintes.

En pensant aux tâches qui m'attendent, je me vois débordée. Je perds toute mon énergie à tourner en rond. Je n'arrive plus à soutenir le rythme.

13 h. Je grignote quelques restes, je suis la seule à accepter de manger la même chose trois repas de suite. Je force sur le poulet, ça fera une boîte de conservation en moins dans le réfrigérateur.

13 h 30. La table est débarrassée. J'ai toujours quelques papiers administratifs à gérer l'après-midi, des appels, des rendez-vous, le jardin à entretenir, des fleurs à planter... Mais ces derniers temps, je ne fais quasiment plus rien. Malgré le carburant ingéré, la batterie reste déchargée. Je végète dans le canapé, à regarder dans le vide. Les minutes défilent, je dois me motiver. Je reste inerte en contemplant les aiguilles de la pendule défiler. Peut-être aurais-je un

sursaut d'énergie pour appuyer sur la télécommande de l'écran face à moi, peut-être trouverais-je le courage de regarder les appels que j'ai à passer...

15 h 55. Somnolente et épuisée de n'avoir rien fait d'intéressant dans mon après-midi, c'est à contrecœur que je me lève du canapé pour récupérer les quatre êtres que je chéris plus que tout, même si je ne suis plus persuadée de les supporter encore longtemps !

L'ennui est vraiment épuisant !

16 h 45. Je suis de retour avec Juliette et Louison à la maison. Vite, le goûter avant de partir dans vingt-cinq minutes pour le lycée. Louison ne supporte pas d'attendre dans la voiture, je fais deux tours, résignée.

17 h 30. La famille est presque au complet. Je ressors le goûter pour les deux derniers, et direction la table du séjour pour les devoirs. Telle une professeure particulière, je vais d'un enfant à un autre.

Pour ce qui est de Juliette, c'est toujours très rapide. Juste le temps qu'elle me montre qu'elle sait déjà tout et, dix minutes plus tard, elle est déjà sortie de table.

Louison et Clémence sont studieuses et autonomes, je les laisse travailler et ne réponds qu'à leurs demandes sans repasser derrière elles, la confiance est réciproque. En revanche, Valentin… ah Valentin, que dire ! Quarante-cinq minutes chaque soir, au moins deux heures le mercredi après-midi et une demi-journée le week-end. Valentin a des capacités, il se laisse porter. Je ne sais pas comment il fait pour avoir d'aussi bons résultats scolaires avec le peu d'entrain qu'il y met. À quinze ans, je continue à installer une chaise à ses côtés, à lui lire la consigne de l'énoncé et à reformuler la question. Je pourrais m'agacer, le pousser à se débrouiller, il n'en est rien. Je fais preuve de patience jusqu'au bout, totalement éreintée d'avoir dû plonger dans des cours de seconde qui sont loin. S'il me pousse bien, je finirai par lui donner les réponses. Le pire, c'est lorsqu'il a un contrôle, soit environ deux fois par semaine. En regardant sur l'ENT, j'ai parfois envie de pleurer en estimant le temps que l'on va y passer, sans parler de la fiche de révision que je vais devoir lui faire ! Je ne peux m'en prendre qu'à moi. À son âge, je n'ai plus à l'assister ainsi. *Peut-être la peur qu'il échoue ? Une lassitude ?* J'ai baissé les bras.

19 h 25. Jean rentre du bureau. Nous allons pouvoir passer à table.

Sans surprise, les remarques sur le repas fusent : « C'est trop salé », « Deuxième fois que nous mangeons des brocolis cette semaine », « J'ai mangé la même chose à la cantine ce midi », « À quand des pâtes bolognaises ? »... J'écoute d'une oreille distraite. Je n'en fais plus cas, et ne prends pas la peine de répondre. Je les regarde tous les cinq, et me demande ce que je fais là ! Une intruse dans la maison où je passe tout mon temps.

Mais ce soir, c'est différent, je me sens apaisée, car je sais que la fin est proche. Je les détaille discrètement en retenant un sourire en coin. Ils ne savent pas ce qui les attend, c'est beau l'insouciance !

20 h 10. Délivrance. Le repas est terminé. Les assiettes sont entassées dans le lave-vaisselle à la va-vite. Je vais devoir le vider pour tout ranger si je veux que la vaisselle soit correctement lavée. Je finis de débarrasser la table avant de passer le balai sur un sol maculé, bien qu'il ait été lavé ce matin.

21 h. Les enfants sont dans leurs chambres. Chacun se trouve une occupation avant de sombrer dans le sommeil.

Sauf Juliette ! Trente minutes de rituel chaque soir, même les soirs où nous sommes de sortie. Elle va descendre les escaliers une première fois pour me montrer ses dents qui commencent à se rapprocher grâce à son appareil dentaire ; puis elle aura une piqûre de moustique ou un petit bobo à désinfecter ; elle se rappellera qu'elle voulait changer de boucles d'oreilles, mais ayant déjà oublié la veille, elle préférera le faire ce soir pour ne pas oublier à nouveau. La quatrième fois, c'est moi qui devrai monter, il y aura soi-disant un bruit bizarre dans sa chambre et enfin, elle descendra me faire un dernier câlin. Un câlin qui lui permettra de passer une bonne nuit, et qui me fera pousser un soupir de soulagement sachant ce qu'il représente. Le tout, sous le regard de Jean, qui, comme chaque soir, se contentera d'observer ce va-et-vient depuis son bureau où il répondra à un mail urgent ou préparera déjà sa journée du lendemain. Plus les semaines passent et plus le rituel de Juliette prend du temps. Je n'ai pas la force de me pencher sur son sentiment d'insécurité quand arrive le soir. Ce n'est pourtant pas normal d'avoir autant de besoins, d'angoisses. *Ressent-elle quelque chose ?* D'après son micro kiné, nous sommes connectées par un lien fusionnel. Pour qu'elle se libère de ses maux et de ses bobos qui n'en finissent pas de guérir, il faut que j'aille bien : « Soyez heureuse, elle sera heureuse »,

« Faites-vous plaisir, elle se fera plaisir », « Trouvez ce qui vous épanouira et elle se libérera de ses maux » m'a-t-il dit !

Si seulement je savais comment prendre du temps pour moi, comment me faire plaisir et être heureuse !

Car moi dans tout ça...

Moi qui aimais revenir en marchant après avoir garé ma voiture sur le parking de l'école élémentaire et y retournais le soir, à pied, pour la sortie de l'école. Cette heure de marche par jour permettait à mon corps de s'oxygéner et de garder sa vigueur. Je n'en ai plus la force.

Moi qui affectionnais les week-ends entre amis et recevais régulièrement, je me contente d'accueillir ma belle-famille.

Moi qui adorais lire le soir, je n'arrive plus à me concentrer sur ces mots qui n'ont plus de signification, plus de sens. Je ne prends plus le temps d'ouvrir un livre dont je devrais relire le même passage le soir suivant. Je me couche derrière le dernier câlin de Juliette, après avoir pris le temps de programmer le lave-linge et le lave-vaisselle.

Passionnant, c'est ma journée type ! Et encore, il s'agit d'un jour calme où il n'y a pas un rendez-vous médical, l'orthophoniste de Valentin ou une activité extra-scolaire, contrairement au mercredi par exemple.

Le mercredi, jour de la semaine que je déteste ! Une journée interminablement longue... Cours uniquement le matin pour Louison, jusqu'en milieu d'après-midi pour Valentin et Clémence. Le matin, c'est catéchisme pour Juliette ; l'après-midi, c'est musique pour Louison, natation pour Juliette et ju-jitsu pour Valentin. Heureusement, le tennis de Clémentine est le jeudi soir ! Je fais donc une douzaine d'allers et retours dans la journée. Il faut également trouver le temps pour les devoirs, faire le gendarme, car bien qu'ils ne fassent que se croiser, c'est souvent pour se chamailler.

Cerise sur le gâteau, le prof de natation de Juliette vient de m'annoncer qu'il souhaite lui faire passer des tests pour entrer dans une équipe régionale, si je suis d'accord évidemment ! *Et qui devra l'emmener à ses compétitions ?* Les épreuves de sélection se feront toutes à Blois. Penser à cette charge supplémentaire me donne la nausée. Je pourrais refuser, mais son prof en a parlé devant elle. *Comment dire non maintenant ?* « C'est la chance de ma vie, tu ne peux pas dire non. Pierre m'offre une opportunité qui ne se reproduira pas, tu te rends compte maman !... Je sais que tu vas dire oui, hein maman ? ». Comme je ne suis pas suffisamment occupée, j'ai dit oui avec l'aval de Jean. Jean est emballé et très fier de sa fille. Normal, il ne voit que le bon côté puisque ça ne viendra pas empiéter sur son emploi du temps.

Le mercredi, il y a aussi des copains/copines qui passent soi-disant réviser avec mes grands. Je ferme les yeux, mais je sais bien qu'ils ont chacun un petit ami. Valentin a déjà changé trois fois de copine depuis la rentrée. Je n'interviens pas, il est jeune, qu'il en profite. J'ai toutefois glissé une boîte de préservatifs dans le tiroir de sa table de chevet avec un énorme smiley qui fait un clin d'œil. Cette fois, j'ai quand même eu un compliment lorsqu'il est redescendu pour le repas : « Je t'adore maman ! », accompagné d'un baiser sur la joue. Avec Clémentine, c'est plus compliqué. J'ai essayé d'aborder le sujet, elle est dans la retenue : « Ne t'inquiète pas maman, je sais ce que j'ai à faire ». Je lui fais confiance, mais ce serait plus rassurant d'avoir une conversation de vive voix, pas à demi-mots, pleins de sous-entendus. Ce qui me rassure, c'est qu'elle ne m'a jamais demandé de l'inviter à dormir à la maison, même si je sais que ça risque de vite arriver.

Et enfin, les week-ends avec les soirées pyjamas ! Nous avons convenu que chacun peut inviter deux amis au maximum à dormir, à tour de rôle. Pas question de mélanger les amis des uns et des autres. Quatre enfants m'épuisent, en ajouter deux est largement suffisant !

Une sorte de discours intérieur semi-permanent tourne dans ma tête. Il m'accompagne au fil de mes journées. Il en devient mon compagnon.

Mes nuits sont ponctuées de rêves dans lesquels j'interviens. Parfois, je me demande si j'ai rêvé ou si c'était réel. Y apparaissent également des personnes que je connais. Toutefois, je m'abstiens de leur demander si l'événement qui me réveille a bien eu lieu. D'autres nuits, mes rêves sont si intenses que je m'éveille en pleurant. Je suis perdue dans mon lit, et les larmes coulent abondamment. J'essaie de me calmer en concentrant ma respiration sur celle de Jean, qui est régulière et lente, il dort profondément. Bien souvent, ça ne suffit pas, je dois me lever pour ne pas le réveiller. J'en profite pour étendre le linge sur le tancarville et lance une nouvelle machine. Je finis par regagner le lit conjugal, complètement épuisée, et sombre dans un sommeil léger et perturbé. Quand le jour se lève, les yeux me brûlent. Par moments, je manque d'air et je dois prendre de grandes inspirations pour ne pas suffoquer. La prise de sang n'a rien révélé d'anormal, mon médecin pense que je dois me reposer, il m'a demandé : « Êtes-vous surmenée en ce moment ? ». J'ai également des brûlures d'estomac qui viennent me visiter depuis quelques semaines ainsi que des remontées acides qui me donnent l'impression d'avoir une boule dans la gorge, des maux de ventre, mal au dos… Je ne me presse pas pour contacter les spécialistes que mon médecin m'a recommandés, je connais déjà le résultat… Ils ne trouveront rien, le stress ne se voit pas sur une radiographie, une fibroscopie ou une coloscopie. Mais aujourd'hui, ce qu'ils ne savent pas, c'est que cette journée sera la dernière. La dernière que je vivrais ainsi, car contrairement aux autres, elle ne se finira pas de la même façon. Je ne vais pas aller me coucher directement après le dernier câlin de Juliette. Pour la première fois depuis ma prise de conscience, arrivée il y a six mois, je vais me libérer d'un poids. Je vais défaire les chaînes qui m'attachent à cette maison et qui me retiennent prisonnière. Je vais faire éclater le quotidien de cette vie bien calée. Je vais attendre 22 h, les enfants dormiront probablement, pour ne pas perturber leur sommeil. Ils n'ont pas à entendre mon échange avec Jean.

21 h 45. Je fais un premier tour du côté des chambres des enfants, j'entends des bruits sourds. J'attends quelques minutes avant de refaire un petit tour. Plus un bruit.

22 h 17. Il m'aura fallu six mois pour trouver le courage de parler à Jean.

Six mois où je suis en perte de vitesse.

17

Six mois où je tourne en rond.

Six mois où j'ai l'impression d'être prisonnière dans cette maison de trois-cent-soixante-cinq mètres carrés.

Six mois où je suis devenue une étrangère pour ces êtres à qui j'ai tout donné.

J'étouffe, je craque, je vais devenir folle si je ne réagis pas. Plus d'hésitations, c'est maintenant !

Jean va me demander s'il peut terminer un mail ou si ça peut encore attendre une dizaine de minutes. Je le connais trop bien pour savoir qu'il ne va pas avoir envie de quitter l'écran de son ordinateur avant 22 h 45. Ce soir, ça ne pourra pas attendre. Ce soir n'est pas un soir comme les autres...

Chapitre 2

Je m'approche du bureau de Jean, et lui dis :

– Jean, il faut que je te parle.

J'essaie de garder une expression neutre. Mes yeux se plissent à l'attente de sa réponse. Je me recule pour ne pas m'emporter si sa réaction ne va pas dans mon sens. Je suis au bord de la crise d'hystérie.

Jean baisse les yeux sur son écran. Il hésite, et ferme son ordinateur portable. Il se lève pour me suivre. Je l'entraîne vers le canapé.

– Que se passe-t-il ? Ça ne va pas ?

Non, ça ne va pas du tout, mais tu es bien trop occupé pour le voir ! Je prends sur moi et ne réponds pas. Finalement, il n'y est pour rien si j'ai tout gardé sur le cœur en espérant secrètement que ma lassitude passerait, mais elle s'est installée. Les non-dits ont gangrené la situation. Je suis comme une bombe à retardement sur le point d'être programmée pour une fin imminente. Je vais exploser si je reste passive face à ce triste constat.

J'ai trop attendu, et me suis enlisée dans un gouffre dans lequel je n'arrive plus à sortir. Bel exemple pour quelqu'un qui a obtenu un Master 2 en communication !

– Je ne sais pas par où commencer.

Jean me dévisage, surpris.

Je détourne la tête un instant afin qu'il ne voie pas mes yeux briller. Briller de détresse.

Nous restons l'un à côté de l'autre, silencieux. Il attend que je me livre.

Comment lui dire ? Comment lui faire comprendre ? Pourquoi maintenant ?

– Soit je pars un mois, seule ; soit on se sépare.

J'aurais pu trouver mieux comme accroche. Mon cerveau est tellement épuisé, tout comme le reste de mon corps, que je peine à réfléchir.

Jean s'enfonce dans le canapé. Ses yeux cherchent les miens.

– Je ne te reproche rien, tu es comme tu es. Je vais bientôt avoir quarante ans et je me demande ce que j'ai fait d'intéressant dans ma vie. Je suis dans une période de questionnements, de doutes, d'angoisses quant au futur qui m'attend.

– Je ne comprends pas… Tu es une femme admirable, une maman extraordinaire, une excellente hôtesse et une épouse aimante et aimée !

– Justement ! Tout tourne autour de toi et des enfants. Mais moi, je suis qui au juste ?

Jean se gratte la tête. Il paraît embarrassé. Il a horreur des conflits. Il préfère prendre ses distances et revenir quand les tensions sont apaisées. Je ne lâcherai pas. Il le sent, j'en suis persuadée. Il va devoir affronter la tempête ou affronter la tornade, à lui de choisir.

– J'ai à peine travaillé deux années après mon Master 2, je t'ai épousé et je suis devenue maman de quatre enfants. Quel beau plan de carrière, la vie rêvée ! dis-je d'un ton amer.

– Explique-moi clairement où tu veux en venir.

– Tout le monde paraît se satisfaire de cette vie rythmée, sauf moi. J'ai l'impression d'être tantôt la gouvernante, tantôt la cuisinière, tantôt l'infirmière, tantôt la secrétaire ou bien une employée de compagnie de taxi. Tu trouves ça épanouissant ?

Je ne laisse pas Jean répondre et poursuis, agacée.

– Jamais de remerciements. Tout est dû, normal. Aucune reconnaissance. Je sais, il faut donner sans rien attendre en retour, mais un mot gentil est agréable à entendre et n'écorche pas la langue de celui qui ose prononcer une parole valorisante. Je passe tout mon temps à exécuter des tâches ménagères, à râler sur les enfants qui reproduisent les mêmes disputes le lendemain, qui ne rangent pas plus leur chambre la semaine qui suit et qui ne m'aident jamais sans négocier.

Mes jours se ressemblent, ils sont tous gris. À l'aube de mes quarante ans, j'aimerais voir le soleil.

– Qu'aimerais-tu faire pour tes quarante ans ? Tu veux que l'on parte une petite semaine tous les deux ?

– Là n'est pas le problème. J'ai besoin de me connaître, d'aller à la rencontre de la femme qui s'est perdue en chemin.

Je le regarde d'un air triste.

– Je veux partir, sans toi.

– C'est un cap à passer. Je te rassure, on s'y fait très bien. La preuve, je l'ai surmonté il y a quatre ans. Tout va très bien, et rien n'a changé.

– Tant mieux pour toi si tu es heureux dans la monotonie. En ce qui me concerne, je veux que tout change.

– Tu entends quoi par tout ?

– Les enfants, toi, moi… Tout.

Je continue de prendre sur moi, mais je bouillonne. À croire qu'il le fait exprès !

J'aimerais qu'il me prenne dans ses bras ; qu'il m'encourage à aller à ma rencontre ; qu'il souhaite autant que moi découvrir quel est mon potentiel, mon but dans cette vie. Je veux soulever le masque qui m'oppresse afin de révéler ma nature profonde.

Jean préfère rester dans sa zone de confort. Son comportement me conforte dans ma décision. À ce rythme-là, la première question que je lui ai posée va vite avoir une réponse, et c'est moi qui vais lui donner ! Visiblement, il attend passivement que je revienne à la raison. Je ne suis plus certaine d'éprouver de l'amour pour lui. L'amour qui m'a tant fait vibrer par le passé.

– Tu veux qu'on divorce ?

Ah ! Le mot « divorce » vient de le réveiller !

– Sophie, tu sais que je t'aime. Je n'ai jamais autant aimé une femme que toi. Je t'ai tout donné, et je ne veux surtout pas te perdre. Avec les enfants, tu es ce que j'ai de plus précieux. Je ne suis rien sans toi.

Les larmes me montent, j'en essuie une discrètement. Jean m'aime ! J'en étais arrivée à penser qu'il n'avait plus de sentiments pour moi, peut-être même qu'il avait rencontré quelqu'un d'autre pour être aussi distant.

Sa déclaration d'amour me bouleverse. Je suis touchée en plein cœur. Les émotions m'envahissent. Toutefois, je ne dois pas oublier mon objectif : découvrir qui j'ai envie d'être réellement.

– Si pour toi « m'avoir tout donné » représente les enfants, la maison et son grand jardin, un compte en banque bien rempli et des vacances régulières, alors oui, tu m'as tout donné. Nous avons chacun notre propre vision de cette expression.

En ce moment, je ne vois plus que l'intendance de la maison avec ses corvées, les enfants et leurs déplacements incessants, leurs chamailleries, leurs remarques ; Jean qui me considère comme un élément de la maison. Je n'arrive plus à voir les bons côtés des choses simples comme la chaleur et le réconfort d'une famille, l'espace qu'offrent cette maison et son jardin que j'affectionne. Tout est prétexte pour me lamenter sur mon triste sort. Je ne sais plus ni qui je suis ni ce que je souhaite. L'heure du bilan a sonné et il me désole.

Je vois bien que Jean encaisse, c'est si soudain. À sa place, je serais dans l'incompréhension totale. Je lui lâche en pleine tête une bombe qu'il n'a pas vu venir. Il paraît de plus en plus abattu. Je n'arrive pas à le plaindre, la compassion m'a quittée.

Si Jean n'a rien vu venir, moi non plus. C'est arrivé si soudainement que je ne me comprends plus moi-même. J'allais bien, jusqu'au jour où tout a basculé.

– Tout a commencé à déborder il y a six mois.

Je me lance dans un long monologue. Un monologue qui soulage, qui me vide de toutes les angoisses emmagasinées ces six derniers mois. Je lui détaille les moindres faits, sans omettre de parler de mes sentiments refoulés.

– Je commence par le premier mois, septembre. Ta mère est arrivée un beau matin, toute souriante, le 3 septembre précisément. L'ambiance s'est vite gâtée lorsqu'elle m'a demandé de venir l'aider à décharger sa voiture. L'utilitaire était plein jusqu'au toit, et pour cause ! Seize caisses de pommes véreuses, trois cageots de poires bien abîmées et trois de pêches. Son stérilisateur avait soi-disant « rendu l'âme ». Avec toutes les conserves qu'elle fait, elle aurait pu en profiter pour en acheter un plus grand. Non, elle a préféré venir frapper à ma porte, disant : « Je ne veux pas que tous ces fruits soient perdus. Tu ne travailles pas, j'ai pensé que tu pourrais m'aider ». Évidemment, une femme au foyer avec quatre enfants n'a rien à faire de ses journées, et comme je ne sais pas dire non, j'ai accepté. Je n'avais pas d'arguments pour dire non, tout était dit.

Septembre est toujours un mois bien chargé avec notre propre jardin à gérer, toutes les réunions de rentrées, la paperasse administrative à compléter, multipliée par quatre, car pour chaque enfant, il faut refaire un dossier complet avec les fiches de renseignements, de liaison… Des signatures par-ci, par-là ; la multiplication des chèques ; les réinscriptions aux clubs sportifs ; les dernières fournitures à courir acheter car elles n'étaient pas indiquées sur la liste de rentrée. Bref, je te passe les détails passionnants, mais septembre est loin d'être le mois le plus calme de l'année.

Alors quand j'entends dire la voisine : « Bientôt la rentrée, bientôt les vacances pour toi ! », je prends sur moi.

J'ai donc géré le mois de septembre à vive allure avec ta mère et ses cent-trente-six kilos de fruits. M'a-t-elle aidée ? Non. En partant, elle m'a dit : « Je vais peut-être en rapporter si les pommes que j'ai mises de côté ne se conservent pas dans la cave. Tu m'appelleras quand tu auras terminé ! ». J'étais sidérée. Je me suis contentée d'encaisser.

Ce fut des heures et des heures de travail, assise seule à la table de cuisine à éplucher, scruter les asticots, sentir le jus des poires trop mûres me couler le long des poignets, le sucre des pêches me coller les doigts, qui à chaque fin de journée étaient mi-jaunes, mi-noirs. Il me fallait frotter avec un mélange de bicarbonate et de jus de citron pour retrouver des ongles blancs ou presque. J'ai également eu une ampoule sous l'index droit, probablement à force de le crisper sur l'économe en épluchant les fruits.

Une fois tous les fruits transformés en compote, j'ai emmené le tout à ta mère, étiqueté qui plus est ! À la place d'un : « merci », j'ai eu droit à : « J'espère que tu n'as pas mis trop de sucre. As-tu bien respecté le temps de cuisson ? ». Au lieu d'avoir eu le courage de lui dire que l'on n'est jamais mieux servi que par soi-même, je n'ai fait que répondre à ses questions et me justifier. Une situation humiliante.

Ah, j'oubliais ! J'ai également dû faire quelques courses, il manquait des bocaux et des caoutchoucs.

Tu n'imagines pas à quel point j'ai détesté ta mère, surtout lorsqu'elle m'a parlé de ses vacances avec ton père sur la côte normande.

En rentrant à la maison, j'ai manqué un stop, trop accaparée par mes pensées. Je venais de comprendre que son histoire de stérilisateur était un bon prétexte pour que je fasse tout le travail à sa place afin qu'elle puisse profiter de l'été indien. Ce n'est pas la première fois qu'elle me fait un coup pareil. L'an dernier, c'étaient quatre bassines de dix litres pleines de haricots verts, elle s'était blessée au pouce droit et souffrait en équeutant. Il y a deux ans, c'était le jus des tomates qu'elle ne supportait pas. Il y a trois ans, les cerises étaient trop hautes. Ça fait cinq ans qu'elle m'embête avec son jardin. Si elle n'aime s'occuper ni de son verger ni de son jardin, il ne fallait pas que tes parents achètent une maison à la campagne pour leur retraite. Tu veux savoir ce qui est le pire ?

Jean se contente de hocher la tête.

– Je deviens amère et aigrie. Je n'avais jamais été médisante, je ne critiquais jamais qui que ce soit avant ce fameux mois de septembre. Malgré toute la colère que je ressassais, j'ai réussi à tout garder et à ne pas devenir méchante. C'est alors que mon sommeil a commencé à s'agiter.

Visiblement, pour ta famille, rien n'est suffisant. Tu as probablement oublié l'épisode où ta sœur m'a prise pour la nounou de substitution...

Je prends une grande bouffée d'air, et poursuis.

– Je me souviens très bien du 2 octobre quand ta sœur t'a téléphoné pour te demander si je pouvais garder Hugo et Jules jusqu'aux vacances scolaires, soit vingt jours avec six enfants : les nôtres, plus un de cinq ans et un de vingt-trois mois ! Si nos enfants avaient été aidants, sages, autonomes... Ça aurait été simple ! Mais nos enfants sont débordants d'énergie, d'idées brillantes à canaliser, doués en négociations pour me pousser à accepter toujours plus, et ils se laissent vivre. Sans parler des exigences de ta sœur ! Comme tu le sais probablement, elle pense avoir conçu des petits génies et s'est mise en tête de faire sauter le CP à Hugo. En plus des devoirs habituels des nôtres, j'étais censée lui faire faire des petits travaux d'écriture, de lecture et de maths ! Elle m'a donc imprimé une série d'exercices qu'il devait réaliser en rentrant de l'école car : « Il n'avance pas vite à l'école avec le niveau qu'il y a dans sa classe ». Il s'agit d'un enfant de cinq ans qui a tout le temps devant lui. Qu'elle le laisse progresser à son rythme et profiter de son insouciance au lieu de le surcharger intellectuellement ! Tu la connais mieux que moi, elle ne veut rien entendre. Je n'ai pas cherché à lui tenir tête. Et Jules, qui d'après elle suit les pas de son frère, était censé apprendre les couleurs, à compter jusqu'à trois et la propreté, le tout en vingt jours ! Autant te dire qu'il a surtout appris à vider les placards, faire tomber les rideaux, éparpiller ses jouets dans tout le salon, écrire partout, se tartiner les mains de fromage blanc... Pour être franche avec toi, je pense que la nounou a démissionné, tout comme celles d'avant, car elles ne cautionnent pas le délire de ta sœur ! Quatre nounous en quatre ans, elle devrait se poser les bonnes questions. Elle est incapable de se remettre en cause, c'est plus simple de dire qu'il est difficile de trouver du bon personnel.

Confidences pour confidences, j'avoue ne pas les avoir fait travailler et je n'éprouve aucun remords.

Côté logistique, j'ai été servie ! Quatre écoles matin et soir, dont une à vingt minutes de la maison, mais ça n'a posé de problèmes à personne. Selon elle, c'était plus simple qu'ils restent dormir à la maison, ce fut donc à moi de faire les trajets de notre domicile à l'école d'Hugo, peu importe les contraintes. Je me suis levée à cinq heures vingt-cinq durant trois semaines afin de préparer tout ce petit monde avant de déposer Hugo à la garderie périscolaire, puis de courir vers les autres écoles. Le vendredi soir, elle se plaignait qu'Hugo était fatigué. Avec un rythme pareil, c'est normal. Au lieu de le comprendre, elle m'a demandé : « À quelle heure tu les couches ? », « Ils sont fatigués chez toi ! ». Les remerciements ont également été de rigueur : « Heureusement que tu ne travailles pas, je ne sais pas comment j'aurais fait ! ».

Le pire, ce n'était pas ce rythme infernal, mais le châtiment des interminables dîners du vendredi soir avec ta sœur et ton beau-frère à la maison. Trois vendredis à entendre la même rengaine : ses enfants sont des surdoués. Dans sa bouche, il n'y a que la réussite professionnelle, les études, la rigueur… Ce n'est pas parce qu'ils ont fait de brillantes études et qu'ils possèdent chacun leur propre pharmacie qu'ils sont supérieurs aux autres. L'intelligence passe par l'ouverture d'esprit, la créativité, notre capacité à rebondir, le pardon, l'amour…

Et toutes ses réflexions : « Ton rôti est légèrement sec », « Clémentine aurait besoin de se faire épointer les cheveux », « Je ne supporterais pas la nonchalance de Valentin », « Juliette devient insolente », « Louison veut prendre ta place »… Certes, nos enfants font des caprices, boudent, répondent parfois... Mais ce sont des enfants qui s'expriment, et un enfant qui s'exprime est un enfant qui va bien. Alors oui, elle entend leurs remarques ; mais non, je ne compte pas les empêcher de dire ce qu'ils pensent. C'est tellement plus simple de pointer du doigt ce qui ne va pas chez les autres plutôt que regarder chez soi. Si elle était aussi sûre d'elle, elle n'aurait pas besoin de critiquer les autres pour se sentir à la hauteur. J'espère qu'elle ne va pas gâcher l'enfance de ses fils. Une enfance torturée ne s'efface pas, ça laisse des traces qui, à un moment ou à un autre, ressurgissent.

– Si tu m'en avais parlé, je t'aurais soutenue. dit Jean à voix basse.

Je ne vois pas comment, en étant quasiment jamais à la maison ! Je m'abstiens de tout commentaire désagréable, et continue mon récit.

– J'ai essayé de te demander du soutien, ne serait-ce que les week-ends. Mais quand tu m'as dit : « Je vais me réinscrire à des cours de tirs à l'arc, ça me fera du bien de prendre l'air », je n'ai pas voulu te couper dans ton élan. Tu étais trop content de me raconter tes cours, alors j'ai continué, seule.

Les vacances de la Toussaint sont arrivées, j'étais lasse, complètement abattue.

Abattue par mon impuissance à faire face à ta sœur et à lui dire ses quatre vérités en face pour ne pas créer d'histoires.

Abattue par le stress d'avoir couru partout avec des horaires éreintants.

Abattue et frustrée de ne pas avoir le courage de fuir la maison, ne serait-ce qu'une heure par semaine, le temps de m'épanouir dans un loisir qui me viderait la tête.

Je fais une pause en prenant une grande inspiration, je ne suis qu'au commencement de mon récit.

– Puis novembre est arrivé. Cette fois, ce fut ton frère, Hugues, qui a eu besoin de mes services. Il allait partir pour plusieurs mois en tournée, ne ferait qu'une petite pause entre Noël et le Premier de l'an et n'aurait pas le temps de faire ses achats de Noël. J'ai donc accepté de prendre sa liste de cadeaux, soit deux pages A4. Tout y était décrit : le nom, le magasin où l'acheter et le prix. Avec le temps qu'il a dû passer pour faire cette liste, les acheter lui-même aurait été plus rapide. Mais qui les aurait emballés et aurait collé l'étiquette avec le prénom dessus ? Certes, il était en tournée, mais à l'approche de Noël, les magasins sont tous ouverts le dimanche, tout comme les sites Internet. Je crois qu'il avait peur que sa gentille belle-sœur ne s'ennuie, alors il m'a trouvé une occupation !

Aller de magasin en magasin, surtout en soirée, lorsque toutes les vitrines s'illuminent et prennent vie, est habituellement un pur régal. Si tout s'était déroulé comme prévu sur sa liste, je n'aurais passé qu'une ou deux heures de plus dans les boutiques durant cette période que j'affectionne. J'ai parfois couru dans trois endroits pour trouver « le » cadeau idéal, selon Hugues car il était en rupture dans celui mentionné sur sa liste. Autant te dire que l'an prochain, tout se fera sur Internet. Je suis écœurée.

Une vague de tristesse m'envahit en pensant à la frustration ressentie et à tout ce temps perdu.

– Un sentiment d'impuissance s'est emparé de moi, et je me suis sentie très seule. Je suis à la moitié de ma vie, du moins de ma vie dynamique, et je constate que je ne suis bonne qu'à servir les autres. Tous mes actes sont destinés à ta famille ; tout mon temps est consacré à notre famille et la tienne ; toutes mes paroles sont mesurées pour ne pas offenser et déclencher des conflits. Je ne fais que servir, encaisser, accomplir, honorer.

Le début de cette prise de conscience est arrivée sans prévenir. Un beau matin, elle a frappé à la porte d'entrée. Je n'ai pas eu à me demander si je souhaitais la voir m'envahir, elle s'est engouffrée dans la fente et s'y est installée. Cette prise de conscience me parle, me tyrannise. Elle m'entraîne vers une pente dangereuse, glissante. Mais ce qu'elle ne savait pas en s'emparant de moi, c'est que j'ai des crampons sous mes chaussures. Je ne vais pas me laisser glisser sans réagir, je vais me battre.

Me battre pour donner un sens à mon existence.

Me battre pour retrouver un intérêt à tout ce que je fais.

Jean ouvre la bouche. Il pense probablement que je suis folle. Je ne le laisse pas parler, et pointe l'index droit dans sa direction.

– Je n'ai pas terminé. Il reste trois mois ! Je ne t'apprends rien, après novembre, c'est décembre. dis-je d'un ton ironique.

Jean pose une main sur mon bras droit, je la repousse. Je rassemble toutes mes forces pour maintenir un timbre de voix clair, affirmé, je ne veux pas qu'elle me trahisse en se cassant. Pas de place à la faiblesse, pas ce soir. J'ai trop pleuré, seule, le soir, dans mon lit.

– Décembre, un mois censé être magique en faisant briller les yeux avec ses lumières qui scintillent de partout ; ses chants de Noël qui donnent envie de fredonner ; ses sourires en regardant les enfants se réfugier derrière les jambes de leurs parents à l'approche du père Noël. Décembre, qui donne l'envie de chercher d'où viennent les odeurs de marrons, de cacahuètes grillées, de chocolats chauds ; qui rassemble une communauté autour d'une crèche reconstituée ; qui donne un élan de générosité et qui réunit les familles autour d'un repas chaleureux ; qui permet d'unir les enfants autour d'une table sans disputes pour confectionner des sablés ou les décorer.

Je marque une légère pause pour reprendre mon souffle.

– Ce fut un mois déprimant. Première fois en trente-neuf ans que je n'apprécie pas décembre et l'approche des fêtes. D'ailleurs, je n'ai pris aucun plaisir à acheter la quarantaine de présents que nous offrons aux enfants et à tous ceux qui nous entourent. J'avais l'impression de jouer la comédie, de ne pas être en accord avec moi-même. Je dupais par manque de franchise et devenais hypocrite. Tu sais à quel point j'ai en horreur le manque d'honnêteté, c'est pourquoi j'en suis venue à me détester. Cette année, ce sont les enfants qui ont réclamé à aller au marché de Noël de Tours. C'est d'ailleurs le seul que nous avons fait. Je ne me voyais pas continuer à faire semblant de passer un bon moment tandis que je me forçais à penser à des choses agréables pour ne pas m'enfuir en pleurs.

Tu passes beaucoup de temps à gérer tes agences de courtage, un peu partout à travers la France. C'est ce qui nous permet d'avoir cette vie si confortable financièrement, mais marcher bras dessus bras dessous à chercher le cadeau idéal pour chacun de nos quatre trésors aurait été d'un grand réconfort. Je ne te fais aucun reproche, je ne t'ai pas exprimé mon mal-être ni ce que je souhaitais clairement. Tu ne pouvais pas le deviner. *Toutefois, je me demande comment il a pu ne pas voir ma chute arriver !* Probablement parce qu'il ne me regarde plus.

Je sens mes yeux me brûler, je les agrandis pour leur montrer que je ne suis pas prête à les laisser déborder. Je ne veux pas abandonner, pas maintenant.

— Quand ta mère a proposé que cette année ce soit nous qui recevions ta famille au complet, en disant : « Je commence à vieillir et je ne suis plus aussi dynamique qu'avant. À mon âge, c'est fatigant. Tu as une grande maison et le temps de préparer, tu ne vois pas d'inconvénient pour que Noël soit chez vous dorénavant ? ». Que répondre ? J'étais coincée. Je n'avais aucun moyen de refuser, aucune excuse n'aurait été valable et je ne voulais pas me mettre à mentir. Du moins verbalement, car cela fait un moment que je me mens intérieurement.

Il a donc fallu que je mette les petits plats dans les grands pour organiser un super réveillon avec quasiment aucune aide, si ce n'est celle des enfants après argumentations et menaces. J'avais pourtant l'espoir que tu me viennes en renfort étant donné que le 24 tombait un samedi. Mais non, il a fallu que le réfrigérateur du voisin lâche ce jour-là. Serviable comme tu es, tu n'as pas pu lui refuser de l'emmener en acheter un en urgence. Tu aurais pu lui prêter notre voiture à neuf places. Non, tu l'y as conduit. Je n'ai rien dit. Bien évidemment, aucun membre de ta famille ne s'est précipité sur le téléphone pour me demander si j'avais besoin de soutien. Mes parents voulaient m'aider, mais ma mère s'était cassé la cheville, j'ai décliné leur proposition. C'est donc totalement épuisée, avec la tête bourdonnante et les jambes flageolantes que j'ai accueilli mes hôtes. Je voulais leur en mettre plein les yeux aussi bien par la décoration de la table et de la maison que par le raffinement des plats servis. Rien n'a été laissé au hasard. Je ne sais pas ce que je voulais prouver. Je voulais être admirée, enviée. Je voulais que tu voies la chance d'avoir une femme aussi dévouée, qu'ils me jalousent. C'en fut trop. Je suis sortie de cette soirée irritée et en colère. En colère contre les membres de ta famille pour le mépris qu'ils me portent ; contre toi pour t'avoir regardé rire à gorge déployée pendant que je me consumais ; contre moi d'avoir voulu démontrer quelque chose que je n'ai pas à prouver. Je suis en colère face à mon impuissance, face à cette vie qui ne me ressemble plus.

Lorsqu'ils sont partis et que la porte d'entrée s'est refermée sur Hugues, je me suis retournée et là, j'ai vu le chantier. Une table pleine à craquer, des emballages cadeau éparpillés du séjour au salon. La cuisine n'était plus qu'un amas d'assiettes et de plats qui attendaient d'être vidés et empilés dans le lave-vaisselle. Je me suis dirigée les bras ballants, la tête basse et le dos courbé vers le séjour où je me suis échouée sur l'une des chaises. J'ai laissé ma tête tomber sur la table, et je me suis effondrée. Ma colère s'est lentement évaporée. Un flot de larmes a secoué mon corps jusqu'à ce que j'entende la porte d'entrée s'ouvrir. C'était toi ! Tu avais pris le temps de raccompagner Hugues à sa voiture. J'ai rassemblé le peu de forces qui me restaient, et je suis allée me coucher au plus vite pour que tu ne me voies pas dans cet état. C'était Noël, je ne voulais pas te gâcher la fin de soirée avec mes états d'âme. Le torrent de larmes s'est de nouveau abattu sur mon oreiller avant que je ne m'endorme d'épuisement.

À mon réveil, quelle surprise, rien n'avait bougé ! Je me suis activée dans tous les sens pour que la maison retrouve un semblant d'ordre. Pendant que je courais du séjour à la cuisine, de la cuisine au salon, mes larmes sont revenues me chatouiller le nez. Je les ai essuyées nerveusement, en fulminant.

Je pleurais de rage.

Je pleurais d'épuisement, de lassitude.

Je pleurais de frustration.

Une chose est certaine, ça ne peut plus continuer ainsi. À bientôt quarante ans, la prise de conscience est difficile, mais je dois me rendre à l'évidence. Je suis officiellement devenue la gouvernante de la maison ! Je n'ai plus d'ambition, plus de motivation. Je suis dans une prison dorée, et je ne sais pas comment en sortir. Je n'ai pas su dire stop ni imposer de limites au bon moment. Petit à petit, j'ai augmenté le nombre de « oui » pour finir par ne plus arriver à prononcer le mot « non » qui m'aurait probablement permis de garder la tête haute.

Je ne sais ni depuis quand la situation perdure ni ce qui a provoqué ce désastre. Peut-être l'aveuglement lié à l'amour que je te vouais, l'envie de faire plaisir, mon altruisme, ma gentillesse, l'amour que je porte en général à mes semblables...

J'ai tout ce que des tas de femmes rêveraient d'avoir, du moins c'est ce que je me dis pour me consoler : un mari qui a un brillant statut social avec d'excellents revenus, des enfants merveilleux, une belle maison et un grand terrain avec sa piscine couverte, son poulailler et son jardin... J'étouffe dans cette vie que je subis. Je n'arrive plus à être heureuse. La grisaille s'empare de mon visage un peu plus chaque jour. Le bonheur m'a abandonné.

Jean essaie une nouvelle fois de se rapprocher de moi, je m'éloigne.

– Pardon.

– Tu n'as pas à me demander pardon. Si je prends le temps de te détailler ces six derniers mois ainsi que mes états d'âme, c'est pour que tu comprennes où je veux en venir et pourquoi nous en sommes arrivés là.

Je poursuis mon récit en lui retraçant le mois de janvier et mes lamentations.

– Le Nouvel An est arrivé et, sans surprise, ta famille s'est à nouveau réunie autour de notre table. Tu n'imagines pas à quel point mon amertume face à ces individus donnait un goût amer à chaque bouchée que je peinais à avaler. Le Nouvel An est également l'occasion de prendre de bonnes résolutions qui seront tenues ou pas. Nous en prenons par tradition. Alors le 2, jour de la reprise de l'école, j'ai pris une feuille et un crayon. Je me suis posée sur la table de la cuisine. Mon poignet droit s'est agité compulsivement. Après dix-sept ans de veille, nombre d'années que nous vivons sous le même toit, je me réveillais enfin. Ce fut brutal, je ne savais plus ni qui j'étais ni qui j'avais été par le passé, mais je savais ce que je ne voulais plus.

Je ne voulais plus me lamenter sur ma condition.

Je ne voulais plus pleurer seule, le soir, sans réellement savoir pourquoi.

Je ne voulais plus être transparente.

Je voulais exister et, surtout, répondre à la question qui me taraudait depuis quelque temps : « Qui suis-je ? ». Pour ce faire, j'ai noirci trois feuilles recto-verso. Un inventaire au cœur de moi-même avec mon enfance, mes souhaits de jeune adulte, mes réussites, mes petits bonheurs, mes peines. Ma plus grande réussite, la force qui me tient debout, ce sont nos enfants. Je suis tellement fière d'eux, de moi et du travail que j'ai accompli depuis quinze ans, depuis que Valentin et Clémentine ont vu le jour. Ils étaient magnifiques, je ne pouvais m'empêcher de sourire en les regardant, même lorsqu'ils nous réveillaient la nuit pour un biberon. J'étais emplie d'une joie intense. Ce rôle de maman me colle à la peau, d'ailleurs nos amis me font souvent des remarques que j'accepte difficilement : « Tu es une maman formidable », « Quelle chance ils ont de t'avoir », « Il n'y a que toi pour faire ça, une maman merveilleuse », « Tu es une femme extraordinaire » ... C'est à la fois gênant et plaisant d'entendre ces belles paroles. Quand je regarde nos enfants, je ne vois plus que le négatif. Il y a pourtant beaucoup de bons moments. Des moments de complicité, des fous rires complices, des activités partagées ensemble et du soutien réciproque. Tous pensent à la fratrie, et même s'ils ne se le disent pas ou que je ne les entends pas le dire, ils s'aiment. L'amour qu'ils se portent est un cadeau que j'affectionne particulièrement. Il est un bel exemple de succès dans leur éducation. Avoir réussi à les souder est ma fierté. Ils ne s'aperçoivent pas que ce lien fort qui les unit leur sera utile pour plus tard, ils le comprendront une fois adulte.

Je jette un coup d'œil à Jean qui me contemple avec des yeux brillants. *Est-ce l'envie de pleurer ou de l'admiration que je lis dans ses yeux ?* Je n'arrive pas à déceler ce qu'il pense.

– Janvier, le mois où j'ai voulu te quitter, mais pour aller où ?

Jean prend sa tête entre ses deux mains et pose ses coudes sur ses genoux.

– Je ne pouvais pas entraîner les enfants dans un avenir incertain sachant qu'avec toi, ils peuvent avoir la stabilité. Je n'étais pas certaine de ne plus t'aimer, alors je suis restée, plus distante que jamais. Je ne me maquille plus, ne fais plus attention à mes tenues et opte pour le confort plutôt que pour le présentable. Il m'arrive parfois de m'habiller deux à trois jours à l'identique. À quoi ça sert de s'apprêter pour ne voir personne ? À quoi ça sert de s'épiler, si ce n'est que pour se sentir bien dans son corps ? J'étais déjà mal. À quoi ça sert de se mettre du déodorant, personne ne m'approchera ? Et mes cheveux, lavés tous les deux jours, puis quatre, voire cinq. Ils tiennent tout seuls, mais qui le remarque ? J'étais donc sur une mauvaise pente et je me laissais couler.

Jean ne m'interrompt toujours pas, il me laisse déverser toute ma rancœur. Je continue mon monologue récitatif.

– J'arrive presque à la fin ! En février, j'aurais pu faire la une des journaux, si j'avais une âme de meurtrière enfouie en moi. Tu me regardes avec de grands yeux étonnés. Non, je ne suis pas dingue, tu vas vite comprendre.

Quoique, c'est peut-être la folie qui est en train de me gagner !

– Comme chaque année, nous sommes partis skier dans les Pyrénées une semaine avec ta sœur, Octavia, et ton beau-frère, Thomas, ce qui fait un total de dix personnes adultes et enfants confondus. Comme chaque année, c'est moi qui attends que l'on me donne la date de la semaine des vacances scolaires qui sera concernée afin que je puisse réserver l'hébergement, les locations de skis et les remontées mécaniques, ce qui nous évite de perdre du temps une fois sur place. C'est également moi qui fais les menus de la semaine afin de prévoir suffisamment dans la commande drive du supermarché le plus proche. Bref, je gère tout, avant, pendant et après le séjour. Quand je dis tout, c'est tout. L'organisation des vacances et sa logistique, la cuisine, les six enfants, car comme le dit si bien Octavia lorsque ça l'arrange : « Tu t'occupes si bien des enfants ! ». Je choisis uniquement des locations avec lits faits à l'arrivée et le ménage fin de séjour inclus, sinon qui s'en chargerait ?

Jean ne répond pas, il a compris.

– Ce fut probablement la charge mentale de trop ! Durant une longue et interminable semaine, je les ai vus rire. Ils étaient joyeux, heureux, je les trouvais pathétiques. Ils racontaient leurs anecdotes de la journée, ils étaient pitoyables à mes yeux. Comme si je recouvrais la vue d'un coup. Le tableau était désolant. Il y a encore quelques mois, je faisais abstraction de leurs petits défauts, on en a tous. J'appréciais leur compagnie, ils me sont devenus antipathiques. Je me demande même comment j'ai pu les supporter !

Lors des repas, j'étais là, dans mon coin de table, observatrice. Vous parliez bruyamment, radieusement, j'observais. Les jeunes enfants comptent les dodos avant le jour tant attendu, j'ai compté le nombre de jours qui me restaient à passer en leur compagnie. À partir du jeudi, j'en suis arrivée à compter en demi-journées ! Visiblement, je n'avais plus rien à faire avec des personnes si peu respectueuses. Je n'avais plus ou pas de point commun avec ces êtres que je découvrais sous un autre regard. Et toi, comme à ton habitude, tu étais égal à toi-même, heureux d'être là ! Quand la famille ou une partie de la famille Cordon est réunie tout va bien, alors tout allait très bien pour toi. Du moins, c'est ce que disaient ton visage et tes actes. Je t'en voulais ! Je t'en voulais de ne pas voir mon malaise, de ne pas voir que j'avais besoin d'un sauveur, de ne pas voir que j'avais besoin de toi. Encore une fois, j'ai voulu te cacher ma détresse. Tu n'as pas beaucoup de congés, je ne voulais pas te gâcher tes vacances.

Je prends une grande inspiration, le souffle commence à me manquer. Je peine à avaler ma salive tellement ma gorge est sèche avec ces longues minutes à parler sans interruption.

– Je vais terminer l'inventaire de ces six derniers mois par mars. Mars et notre chère voisine, Corinne. Corinne et ses trois chinchillas ! J'adorais regarder ces petits animaux étranges à mes yeux lorsque j'allais dans les animaleries, j'en ai développé une aversion.

Je ne sais pas si tu te souviens lorsqu'elle est arrivée, le 27 février au bord des larmes en me disant que sa maman chinchilla venait de mourir et qu'elle laissait trois orphelins. Ils n'avaient que trois semaines et demie et le sevrage se fait aux alentours des huit semaines. Ils commençaient à manger du foin, mais ce n'était pas suffisant, ils avaient encore besoin de lait toutes les deux heures. Corinne travaillant de 8h 30 à 17 h, ils étaient voués à une mort certaine. Sauf si Sophie, la bonne voisine qui ne travaille pas, avait la gentillesse de devenir leur mère adoptive. J'ai donc accepté, je ne voulais pas avoir trois morts sur la conscience ! J'ai nourri jour et nuit, toutes les deux heures, et à la seringue qui plus est, ces trois petites créatures innocentes. Cela fait maintenant cinq jours qu'ils sont partis, je n'arrive pas à m'en remettre. Ils m'ont littéralement épuisée, transformée en zombie. Heureusement, ils n'ont mis que sept semaines pour être sevrés. Voyons le bon côté, mon calvaire a été réduit d'une semaine.

Au départ de Corinne et de ses trois petites bêtes, j'ai refermé la porte sans me retourner, écœurée. J'étais blasée et en colère. Tellement agacée que j'en ai eu le tournis, ce qui m'a valu un hématome à la cuisse droite grâce à la console de l'entrée. Tu ne l'as pas vu, cela fait quelques mois que je ne me laisse plus approcher, depuis que je ressens du dégoût à ton égard. Ce dégoût est en réalité le mien. Je projette sur les autres ce que je ne supporte plus en moi. Toi et ta famille n'êtes que le reflet de mes angoisses et de mes frustrations. La haine, sentiment que je ne connaissais pas jusqu'alors, commença à me titiller. Je croyais pouvoir tout supporter. Je voulais voir le bon côté que tout être a en lui. Je prenais la vie du bon côté, toujours avec le sourire. Je ne vois plus que du négatif. Mon cœur n'est plus que lamentations. Le bilan est désolant, je viens de passer les quinze dernières années à ne faire qu'attendre.

Attendre que les enfants finissent leur sieste pour aller se promener lorsqu'ils étaient bébés.

Attendre que les enfants grandissent pour leur faire partager certaines activités.

Attendre que tu rentres le soir pour passer à table.

Attendre de l'aide qui ne vient pas.

Attendre un soutien tant espéré, jamais révélé.

Attendre un mot gentil en récompense d'une action gratuite.

Encore et encore attendre. Je ne fais qu'attendre ! Jour après jour, année après année, je trouve toujours une bonne raison pour patienter.

Je sens le rythme de ma voix s'accélérer, je ne veux pas laisser la colère prendre le dessus. Je m'éloigne un peu plus de Jean qui reste silencieux avec des yeux de chien battu.

– Si je veux que quelque chose d'intéressant se passe dans ma vie, il faut que je réagisse. Le changement ne peut venir que de moi. C'est à moi et moi seule d'avancer, de trouver ma voie, de trouver le chemin à suivre pour me redécouvrir.

Je veux vivre ma vie et non la subir.

Je veux savoir quelle femme j'aurais pu devenir si je ne m'étais pas oubliée.

Je veux savoir de quoi je suis capable et quelle femme se cache derrière cette petite vie bien rythmée.

Je veux aller au-delà de ma zone de confort et me confronter à mes limites.

Je veux chasser l'envie de tout laisser tomber, de vous abandonner et de partir loin de tout ce stress et des responsabilités qui m'accablent. Les enfants me retiennent. Que deviendraient-ils sans moi ?

À l'idée de perdre les enfants, je m'effondre. Je m'efforce de faire bonne figure depuis plus d'une heure, cette force m'a abandonnée. Je pleure encore et encore, et me laisse couler au pied du canapé. Mes sanglots sont bruyants, je n'essaie plus de les retenir, je suffoque. Je frappe le sol des poings, je frappe mon impuissance et toutes ces idées noires. J'ai envie de hurler.

Jean se laisse glisser à mes côtés, et me serre de toutes ses forces en posant sa tête contre la mienne. J'essaie de le repousser, il me serre encore plus fort.

– Laisse-moi, lui dis-je d'un ton las.

J'accompagne le geste à la parole en le repoussant avec mon bras droit.

– Pardon. Pardon de ne pas avoir détecté ta souffrance. Pardon de t'avoir fait autant de mal. Depuis que je te connais, tu réussis tout ce que tu entreprends. Tu gères tout avec brio à la maison. Tu es une maman extraordinaire. Lorsque nous recevons du monde, tu me fais honneur. Lorsque nos amis parlent de toi, tu me rends fier. Je suis heureux à tes côtés. Je te vois comme une femme forte. Je t'admire !

Jean pleure en silence. Je n'ai pas besoin de relever la tête pour le savoir, ses larmes humidifient mes cheveux.

Jean m'aime, Jean m'admire et me regarde ! Jean a de nouveau un visage humain à mes yeux. Tout n'est peut-être pas perdu...

– Pourquoi tu ne m'as pas évoqué ton mal-être avant qu'il ne prenne autant d'ampleur ?

– Probablement la culpabilité de te voir travailler tant d'heures pour nous offrir tout le confort dont nous disposons, pendant que je me lamentais sur mon sort. Je n'osais pas en parler à qui que ce soit. Pour dire quoi ? Je ne savais pas ce que je voulais. Je n'avais plus goût à rien.

– Si je travaille autant, c'est parce que je veux ton bonheur et celui des enfants. Je pensais t'offrir ce que tu méritais.

– J'ai besoin de soutien, d'une oreille attentive, d'yeux qui me regardent, qui me sourient.

– Je m'en veux tellement de t'avoir donné ce sentiment de délaissement.

– Je me sens seule. Abandonnée. Je suis comme un oiseau sans aile, et je ne peux prendre mon envol. J'avance en piétinant, et me lasse. Je reste cloîtrée dans cette cage dorée au lieu d'aller découvrir le monde.

– Repartons à zéro. Dis-moi l'homme que tu voudrais que je sois et je le deviendrai.

– Je souhaite me découvrir, et non te changer. Cette vie me convenait jusqu'à ce que je réalise que le bonheur est ailleurs. Il n'est pas chez les autres, mais chez moi, dans mon âme, enfoui au fond de mon être. Cet être resté secrètement silencieux demande à s'exprimer.

– J'ai peur de ne pas te suivre.

– Je ne veux plus pleurer en silence ni vous maudire intérieurement. Je veux pouvoir dire ce que j'ai sur le cœur au moment où je le pense ; me sentir épanouie. Pour cela, je dois avoir foi en moi, et pour avoir foi en moi, je dois découvrir qui je suis réellement. Tu comprends ?

Je vois Jean réfléchir, impuissant.

– Est-ce que tu m'aimes ?

– Tu en doutes ?

– Si je te pose la question, c'est parce que je ne suis plus sûre de rien. Je ne comprends pas comment tu peux prétendre m'aimer et laisser ta famille me traiter ainsi.

– Je te laissais accepter tous ces défis qui me rendaient heureux pour toi, car je pensais que toutes ces actions étaient réalisées par plaisir. Tu mets tellement de cœur dans tout ce que tu entreprends, je ne savais pas que tu le faisais par obligation. Tu m'émerveilles en permanence !

– Si j'y mets autant d'énergie, c'est pour vous, pour toi, pour... Je ne sais plus.

Je n'arrive pas à terminer ma phrase, et m'écroule une nouvelle fois en pleurs. Les remarques de Jean me dépassent et provoquent des réactions auxquelles je ne m'attendais pas. J'avais perdu espoir de le faire réagir, comme si tout ce que j'entreprenais n'était pas suffisant. En réalité, il n'y a que pour moi que ce n'était pas assez. Cela fait probablement plus de six mois que le changement a commencé à opérer.

Jean me serre dans ses bras. Je le laisse me lisser les cheveux. J'accueille ce geste comme un geste de réconfort. Le soutien tant espéré arrive enfin.

– Hugues enchaîne les tournages et les femmes. Récemment, il m'a dit : « Ta femme a mis la barre trop haute, je ne veux pas être déçu en me posant avec une femme qui s'avérerait ne pas être à sa hauteur ». Octavia te jalouse.

Tu es brillante et tu mènes tout de front. Elle ne le dit pas, mais ma mère m'a révélé qu'elle avait du mal à gérer Hugo qui devient de plus en plus difficile. D'ailleurs, pour ma mère, tu es la belle-fille idéale.

– Probablement pour cela qu'elle prend un malin plaisir à me torturer ! dis-je avec une pointe d'ironie.

– Elle t'apprécie vraiment, sinon elle ne me dirait pas : « Tu as intérêt à en prendre soin. Tu ne retrouveras pas une fée du logis comme elle ! ».

Je ne suis pas persuadée qu'être une « fée du logis » est véritablement un compliment. Cela me conforte dans l'impression que toute ma vie tourne autour de cette maison.

– Comment en êtes-vous venus à ce qu'elle te dise de prendre soin de moi ?

– Après les fêtes de Noël et du Nouvel An, je te trouvais une petite mine. Quand je te demandais si tu allais bien, tu me répondais toujours « oui » avec un vague sourire. Puis, tu ne voulais plus que je te prenne dans mes bras, à peine un baiser par jour. Je me suis posé des questions. J'avais peur que tu aies rencontré quelqu'un. J'ai fait part de mes doutes à ma mère qui m'a rassuré en me disant : « Ne dis pas de sottises, on parle de Sophie ! Elle doit juste être épuisée des fêtes. Les fêtes sont fatigantes à préparer, et ta femme s'est surpassée ! ».

Louisette, sa mère, reconnaît mes talents et me fait confiance !

– Comment as-tu pu penser que j'avais quelqu'un d'autre !?

– Tu ne me parlais presque plus. Je pensais même que tu t'étais mise à te coucher de plus en plus tôt pour m'éviter. Je ne savais plus comment m'y prendre.

– J'aurais dû te révéler ce que je ne supportais plus, mais ça me culpabilisait tellement. Tu travailles beaucoup, alors me plaindre de ma condition de vie de « maîtresse de maison suppliciée » me paraissait déplacé.

– Nous nous sommes torturés chacun de notre côté au lieu de nous ouvrir à l'autre.

Quelle révélation ! Jean m'aime et n'en a jamais douté, et sa famille m'admire ! Mon animosité contre eux s'effrite.

– Nous ne prenons plus le temps de communiquer.

– Il n'est pas trop tard pour repartir à zéro.

Jean me sourit en prononçant cette phrase. Il me paraît plus jeune d'un coup.

– Je ne sais pas comment sortir de cette impasse. Tantôt, je ris ; tantôt, je pleure. Je suis à un tournant de ma vie, à l'heure du bilan, probablement en pleine crise de la quarantaine, et je veux agir. Je ne veux pas me contenter de prendre une bonne résolution qui serait d'oser te dire ce que je ressens lorsque je ne vais pas bien. Je brûle d'envie d'aller plus loin et de découvrir ce qui me permettrait d'être épanouie, comblée. Je veux être en harmonie avec moi-même. Tu comprends ?

– Je comprends. Tu as toujours été une femme active. Peut-être que tu as besoin de sortir plus souvent de la maison. Pourquoi ne te tournes-tu pas vers une association, ça te permettrait de voir du monde et de te rendre utile ?

– Mon quotidien ne me rend plus heureuse. Vous allez en souffrir, et l'équilibre de notre maison va se fragiliser, ce qui est d'ailleurs le cas au vu des maux de Juliette. Je ne souhaite pas nous faire tous couler. C'est pourquoi je dois faire un break.

Je me rapproche de Jean. Nous nous faisons face. Je me jette dans ses bras. Ses bras si réconfortants, si apaisants. Je m'autorise une nouvelle fois à verser quelques larmes. C'est tellement bon de retrouver mon mari. Notre amour n'est peut-être pas mort, juste en sommeil comme la femme que je ne vais pas tarder à dévoiler. Bien que je redécouvre Jean, et que mes sentiments pour lui s'éveillent, je ne veux pas faire marche arrière. Si je ne vais pas de l'avant maintenant, je ne le ferai pas plus tard. Je ne peux plus reculer.

Je me libère de son étreinte avant de lui révéler le projet qui devrait me permettre de mieux comprendre qui je suis réellement.

– Début mars, une lumière d'espoir m'a redonné vie. J'ai rassemblé le peu de forces qui me restaient pour me lancer dans un ultime combat. Un combat avec moi-même. Un combat me permettant de me libérer de mes chaînes. J'ai élaboré un plan, et je suis à l'aube de son exécution. Adieu Sophie, la gentille fille résignée. Bientôt, ce sera Sophie... Sophie qui ? Que suis-je ? Je ne veux plus me poser ces questions.

– Quel est ce plan ?

– Tu sais à quel point j'aime planifier et organiser. J'ai tout préparé. Dans six jours, je partirai.

Jean semble terrifié. Les bras lui en tombent de chaque côté du corps. Les traits de son visage révèlent son abattement. Je l'avais pourtant prévenu au début de mon récit en lui demandant s'il préférait que je parte ou que nous séparions.

– Je pars un mois, et je reviendrai.

Jean relève la tête avec un léger sourire. Il pose sa main gauche sur mon genou droit. Puis, il me prend les mains pour y déposer des baisers. Une multitude de baisers.

– Quand je reviendrai, soit je serai plus forte, plus heureuse que jamais et vous transmettrai cette énergie, ces ondes positives qui vous tireront à votre tour vers le haut ; soit je reviendrai pour récupérer mes affaires vers l'édification d'un nouveau nid. Ce n'est pas l'option que je souhaite, mais le bonheur doit être sincère, tout comme l'amour que je te porte. Nous ne pouvons pas être comblés ensemble sans un amour pur. Jusqu'à ce soir, je ne savais plus ce que je ressentais réellement pour toi. Tes mots me redonnent espoir.

Ces mots me nouent la gorge. *Comment puis-je penser à ne pas rester auprès d'eux après les révélations de Jean ? Serons-nous encore compatibles après ce que je vais découvrir ?*

Jean est toujours silencieux. Il dirige mes mains vers sa joue droite et ferme les yeux en les laissant la lui caresser. Il est débordant d'amour. Je ne suis qu'hésitations.

Je lui explique les détails de mon départ.

– Je vais commencer par un stage de bien-être animé par une professeure de méditation dans le Cantal. Au programme : se ressourcer, se vider de toutes les tensions emmagasinées pour revenir à l'essentiel, être à l'écoute de son corps et de son esprit, explorer ses côtés ying et yang.

Jean sourit, immobile.

– Je poursuivrai par quatorze jours sur les chemins de St-Jacques-de-Compostelle en partant du Puy-en-Velay pour finir à Conques. Ce qui me permettra de me retrouver avec mon moi intérieur et ma petite voix que je laisserai me guider. La dernière semaine, ce sera moitié en thalasso dans le Puy de dôme, afin que mon corps puisse se remettre en douceur de toute la marche et la fatigue accumulée, moitié chez mes parents. Nous n'habitons qu'à cinquante-cinq minutes de chez eux, je ne les vois quasiment plus. Je ne fais que courir et m'épuiser. Lorsque je commence enfin à voir le jour, un membre de la famille Cordon me crie : « Au secours » et j'accours ! J'ai besoin de mes parents, de retrouver mes racines et mes souvenirs d'enfance. Ils représentent ma source, mon essence de vie. Ils ne m'ont jamais autant manqué qu'en ce moment ! J'ai besoin d'eux, de leur soutien, de leur réconfort.

Après un temps de silence, je lui demande une dernière chose.

– Je te demande de ne pas être triste ou malheureux durant les trente prochains jours. Je souhaite que tu prennes cet éloignement comme l'occasion d'un nouveau départ pour tous. Un nouveau départ pour notre couple ; un nouveau départ dans ta relation avec les enfants. Pour notre famille, c'est l'occasion d'une réconciliation. Une réconciliation avec nous-même, avec nos aspirations, les uns avec les autres.

Je me blottis un peu plus contre lui.

– Ce n'est pas avec joie que je m'éloigne de vous. Ce sera avec joie que nous avancerons. Quoi qu'il arrive, quoi que l'on fasse, si deux êtres sont faits pour être réunis, je suis persuadée qu'ils se retrouvent. La loi de la nature nous dira où nous en sommes à mon retour.

Jean frotte son front contre le mien. Nous pleurons en silence.

Il a compris que j'irai jusqu'au bout, il me propose de débloquer de l'argent afin que je bénéficie de tout le confort nécessaire durant ce périple. Consciente que nous consommons trop, je désire me remettre dans la peau de Sophie, la fille de gens simples, qui se contente de peu pour être heureuse. Je veux me dépouiller du confort du quotidien pour retrouver les bonheurs essentiels.

Il continue de me serrer dans ses bras et de me caresser les cheveux, les mains.

Jean faisait partie de la maison, du décor. Je le supportais ni plus ni moins. J'avais oublié à quel point je l'aimais au début de notre rencontre, j'avais oublié son romantisme ; j'avais tout oublié.

L'image de notre rencontre me revient en mémoire, elle me pousse à sourire. C'était il y a vingt-et-un ans. Je sortais de la faculté en courant, il pleuvait et j'avais oublié mon parapluie. Je fonçais tête baissée sans voir ce jeune entrepreneur sur mon passage. Ce fut donc de plein fouet que je le percutai. Il nous a fallu un petit moment avant de reprendre nos esprits. Je n'ai d'ailleurs pas oublié sa première phrase : « Je peux vous inviter à boire un café le temps que la pluie cesse ? », et c'est en silence que nous nous sommes dirigés vers le café le plus proche, sous un parapluie un peu juste qui nous poussait à nous serrer l'un contre l'autre.

De rendez-vous en rendez-vous, de SMS en SMS, nous avons fini par ne plus pouvoir nous passer l'un de l'autre. Pas un jour sans un message ou un appel, nous avions besoin de nous raconter nos journées, d'entendre la voix de l'autre. Nous étions tous les week-ends ensemble.

Je l'aimais tellement, qu'il m'arrivait de me réveiller la nuit prise d'angoisse à l'idée qu'il lui arrive quelque chose et que je ne puisse le revoir. Je ne m'imaginais pas vivre sans lui. L'évidence d'avoir trouvé mon âme-sœur me sauta aux yeux dès notre première rencontre.

Il me couvrait de mots doux, d'attentions. Nous étions jeunes et insouciants. Sur un coup de tête, nous prenions la route et nous retrouvions au bord d'une falaise sur la côte ouest ou bien au pied d'une montagne au centre de la France.

J'étais débordante d'énergie, pleine d'entrain, je croquais la vie à pleines dents.

Comment cette jeune fille si radieuse a pu devenir si terne vingt-et-un ans plus tard ? Que s'est-il passé pour que je me sois perdue en chemin ?

Jean me coupe de mes pensées.

– Peut-être qu'une psychanalyse te ferait du bien.

– Possible, mais ce n'est pas le moment.

Il n'insiste pas. Nous restons silencieux, à même le sol.

Je sens mes membres s'engourdir. Il est temps que je rompe le contact, et me lève.

Nous nous mettons d'accord pour annoncer la nouvelle aux enfants vendredi soir, ce qui leur laissera deux jours pour me poser toutes les questions dont ils auront besoin pour se rassurer.

Chapitre 3

Vendredi soir est vite arrivé.

Depuis que j'ai déposé tous mes tourments entre les mains de Jean, je me sens plus légère, presque guillerette.

Hier soir, Jean n'a pas été dans son bureau après le dîner. Il m'a aidée à ranger la cuisine avant de s'installer dans le canapé. Il est resté toute la soirée près de moi à me jeter des regards tendres, à m'effleurer. Je voyais bien qu'il ne savait pas quoi dire, sa présence me suffisait.

Ce soir, je pensais qu'il resterait à l'écart, fuyant ; qu'il me laisserait seule annoncer mon départ aux enfants et gérer les lamentations. Et bien non, il est là, certes silencieux, mais il a une main posée sur ma cuisse gauche. Cette main représente le soutien silencieux tant attendu.

Louison râle. À cette heure-ci, il y a sa série préférée. Il faut faire vite, elle ne veut pas la louper ! Valentin voulait jouer en ligne avec son ami Marcelin et Juliette voulait terminer son livre emprunté à l'école pour en choisir un nouveau lundi. Elle a peur de ne pas avoir le temps de le lire dans le week-end.

– Puisque tout le monde est pressé, je vais faire court.

Je vois Louison souffler en croisant les bras, ça promet.

– Je pars lundi pour un mois. Je ne répondrai à aucun appel et je n'appellerai personne non plus, sauf urgence grave. Vous pourrez seulement m'envoyer des SMS, sans la certitude que j'y réponde.

Valentin pouffe de rire.

– Maman, elles sont nulles tes blagues.

– Ce n'est même pas une blague puisqu'il n'y a rien de drôle, enchaîne Juliette.

– Bon, maman, tu aurais quand même pu trouver mieux. Jamais tu ne pourras nous laisser seuls avec papa. Tu aurais trop peur que l'on fasse n'importe quoi, livrés à nous-mêmes.

Je les laisse me charrier. Seule Louison reste silencieuse, elle se contente de me dévisager, tout en se rapprochant de moi.

– C'est vrai, maman ?

J'acquiesce de la tête en essayant de la prendre dans mes bras, elle me repousse.

Le silence s'installe. Tous les regards se braquent sur moi.

Juliette se lève. Tout son corps est raide.

– Tu ne peux pas nous abandonner !

– Ce n'est pas un abandon, mais une pause.

– Si c'est à cause d'eux, tu n'as qu'à les envoyer chez mamie et papi.

Juliette pointe du doigt son frère et ses sœurs à tour de rôle.

– Vous n'y êtes pour rien. Je vous aime de tout mon cœur. Vous êtes ma plus grande fierté. C'est justement parce que je vous aime et que je veux ce qu'il y a de mieux pour vous que je pars pour revenir encore meilleure, plus forte et vous donner ce dont vous méritez.

À ma grande surprise, c'est Louison qui intervient la première. Elle, qui refuse tout mot d'amour sortant de ma bouche depuis son année de CM2, sous prétexte qu'elle n'est plus un bébé et que ça la gêne. Elle, qui ne fait aucun compliment, ni remarques gentilles, ni gestes affectueux.

– Tu n'as pas besoin de devenir meilleure, tu es déjà parfaite.

– Oui ! Crient en cœur son frère et ses sœurs.

Je vois leurs têtes se secouer de haut en bas et leurs yeux suppliants. Les larmes me montent. Je me fais violence pour ne pas m'effondrer face à tout cet élan d'amour. J'étais trop tournée sur mon mal pour voir toutes leurs marques d'affection. Visiblement, toute la famille m'apprécie. Il n'y a que moi qui en doutais ! Je suis quelqu'un. J'existe. Je suis utile. Je suis aimée.

Dans deux jours, je partirai avec la certitude d'être attendue. Mon Dieu qu'ils vont me manquer !

– Qu'est-ce qu'on peut faire pour que tu restes, me demande Juliette.

– Je vais revenir. J'ai besoin de m'éloigner pour ne pas vous parasiter avec mes tourments intérieurs. En ce moment, je ne vais pas bien dans ma tête.

Je ne veux pas détailler l'accumulation de ces derniers mois aux enfants, ils risqueraient d'en vouloir à tort à leur famille paternelle ou de se culpabiliser. Ils n'y sont pour rien. Rien n'arrive par hasard, ils m'ont permis de m'apercevoir que j'ai besoin d'autre chose, que je souhaite évoluer et grandir. J'ai besoin d'une interruption dans mon quotidien.

– Vous ne serez pas seuls, je serai là.

Jusqu'à maintenant, Jean se contentait d'être d'un soutien passif, il se veut un soutien actif.

Toutefois, son intervention suscite de vives réactions.

– Tu travailles tout le temps. Qui fera la cuisine ? Qui nettoiera la maison ? Qui nous emmènera à l'école ? Qui lavera le linge ? Qui…

Louison coupe Juliette pour une question plus pragmatique.

– Qui signera mon carnet si j'ai un mot ?

– Qui décidera si je peux inviter une copine ?

Valentin me pousse à sourire avec son inquiétude.

– Est-ce que ma copine pourra continuer à venir dormir à la maison ?

– Qui viendra pour nous coucher ? se contente de demander Clémentine.

– Et qui me donnera la météo pour savoir comment je dois m'habiller ?

Louison brusque Juliette.

– Peu importe le temps, tu mettras quinze minutes à te décider le soir et tu changeras d'avis le lendemain matin.

– Qui fera une prière avec moi avant de me coucher ?

– Oh Juliette ! Arrête de ne penser qu'à toi ! dit Louison d'un ton agacé.

– Il y a des questions plus importantes. Qui s'occupera de nous le mercredi ?

Encore une fois, Louison va à l'essentiel.

Les enfants enchaînent les questions. Ils se coupent la parole, ne s'écoutent pas et n'attendent pas nos réponses. Il est temps de mettre fin à ce brouhaha.

– Amandine sera là dès 7 h le matin. Elle vous aidera à vous préparer, et vous conduira à l'école. Ensuite, elle s'occupera de toutes les tâches ménagères et préparera le repas. Elle partira à 11 h 30 pour reprendre son service à 16 h afin d'être présente à votre sortie de cours et repartira qu'à 21h 30. En revanche, le vendredi, elle partira à 20 h 30. Le mercredi, elle restera toute la journée à la maison. Et le week-end, ce sera papa qui prendra le relais.

Face à cet argument choc, plus un son.

Juliette reprend vite ses esprits en demandant qui est Amandine.

– Amandine, la fille de Corinne, la voisine. Tu la connais, lui répond Clémentine.

– En effet, c'est bien la fille de Corinne. Vous serez entre de bonnes mains, elle est très gentille.

Juliette, ma grande angoissée, ne paraît pas satisfaite. Elle a besoin d'être rassurée.

– Si je me réveille la nuit, qui viendra ? Et si quelqu'un est malade, elle nous emmènera chez le docteur ?

– Amandine fera tout ce que je fais. Je lui ai écrit une liste détaillée d'une journée type. Je lui ai précisé les rendez-vous de chacun, vos activités avec les horaires et les lieux, vos horaires d'école, ce que vous n'aimez pas manger, les plats préférés de chacun, vos mauvaises manies… Tout.

– Même pour le coucher ? me demande Juliette.

– J'ai fait un paragraphe exprès pour toi et ton rituel du soir, c'est d'ailleurs pour cela qu'elle ne partira qu'à 21 h 30. Je te laisse trente minutes de plus avec elle.

Je vois Louison lever les yeux au ciel. Elle pense que sa sœur fait du cinéma. Juliette se sent en insécurité, elle a besoin d'être rassurée. Mon départ lui fera du bien, elle pourra se détacher de moi. Elle ne ressentira plus les ondes négatives que je lui transmets malgré moi. J'espère la retrouver sur la voie de la guérison.

– Si tout le monde y met du sien, je suis certaine que tout ira bien. Je compte sur vous pour faire des efforts et être gentils avec elle. J'ai l'espoir que vous l'aiderez.

– Et si elle tombe malade, tu as pensé à un plan B ? me demande Clémentine.

– Papa n'aura qu'à téléphoner à sa maman, Mamie Louisette.

J'ai tenté de ne pas prendre un ton ironique en disant « sa maman », je croise les doigts pour qu'Amandine ne s'absente pas, car je doute que Louisette veuille me remplacer. Je peux lui reprocher son comportement à mon égard, en revanche, vis-à-vis des enfants, je ressens l'amour qu'elle leur porte à sa façon de leur parler, de les regarder les yeux brillants d'admiration, de les prendre dans ses bras, mais de là à vouloir s'en occuper 24h/24 et tous les quatre en même temps !

Heureusement, les enfants ne relèvent pas la question du plan B. J'aurais probablement eu du mal à leur soutenir que mamie serait là pour eux, le temps qu'il faudrait. Je veux les rassurer sans avoir à leur mentir, du moins si on ne parle pas d'omission.

Les enfants s'apaisent petit à petit. Il n'y a plus d'interrogations. *Sont-ils réellement rassurés ou n'osent-ils plus poser de questions de peur des réponses ?* Les regards qu'ils se portent tour à tour en disent long sur leurs inquiétudes.

Jean est silencieux, et probablement aussi angoissé qu'eux.

Chapitre 4

Nous sommes lundi. Ce matin, je me suis levée à l'aube afin de tout préparer avant mon départ. J'ai cuisiné pour qu'ils aient de quoi manger ce soir, astiqué la maison et préparé leur petit-déjeuner. Jean s'est levé peu de temps après moi. Il me regardait, me proposait de l'aide. Je me suis contentée de le maintenir à distance de peur que le moment du départ soit trop douloureux.

Lorsqu'il m'a demandé s'il pouvait me prendre dans ses bras, je me suis jetée dans les siens. Sentir la chaleur de ses bras, le réconfort de son torse m'a donné le tournis. J'ai fermé les yeux, et profité de ce moment. Nous nous sommes serrés de plus en plus fort, sans un mot. Tout était dit. Il a frotté son nez dans mon cou avant d'y déposer un baiser. Sa main droite m'a caressé la joue. Une caresse divine, accueillie dans un soulagement.

Il est parti avant le lever des enfants. « Je t'attendrai.» m'a-t-il dit avec une voix qui se voulait rassurante avant de fermer la porte derrière lui.

Notre amour survivra si c'est notre direction…

Le petit-déjeuner se déroule en silence. Personne ne relève le nez de son bol. L'humeur est maussade. Je ne brise pas la glace, et me contente de les regarder. Je profite de leur présence avant de prendre de la distance.

Valises chargées dans le coffre de la voiture, je jette un dernier coup d'œil vers la maison avec un brin de nostalgie. Avant de boucler nos ceintures, nous prenons le temps de nous faire des câlins pour nous dire au revoir. Même Louison qui a horreur des élans affectifs se laisse faire. Elle ne grogne pas non plus lorsque je lui dis que je l'aime et qu'elle va énormément me manquer. Nous faisons un cercle pour nous prendre tous les cinq dans nos bras en criant : « On s'aime ! ». Après cette étreinte, les visages sont plus joyeux.

Nous nous entassons dans la petite berline, Jean aura besoin du ludospace. Pas une plainte concernant le manque de place. Le trajet est comme le petit déjeuner, silencieux.

La tournée des écoles se termine devant le lycée de mes grands qui me font des signes de la main et m'envoient des baisers. Je reste figée, à les regarder disparaître devant moi.

Je me gare au bout de la rue du lycée pour programmer le GPS. Il indique quatre heures quarante-six de trajet avant la première étape.

Il faut savoir prendre des décisions difficiles pour avancer. Tous m'agaçaient tellement ces dernières semaines que je n'ai pas mesuré à quel point mon départ serait difficile. Je ne pensais pas ressentir une douleur si intense en m'éloignant d'eux, puisque j'en rêvais secrètement depuis un bon moment. Il m'aura fallu le courage de me lancer pour comprendre à quel point je les aime ; à quel point je suis aimée.

Je me fais violence pour ne pas tout abandonner. Je sais que je dois le faire pour moi ; pour Juliette qui est connectée à mon mal-être ; pour mes enfants ; pour mon couple. Tous ont besoin d'un pilier solide pour s'y accoter et se sentir en sécurité.

Je roule lentement, sous la vitesse autorisée, je ne suis pas pressée. *Ai-je peur de ce que je pourrais découvrir ou bien est-ce juste le manque à l'idée de m'éloigner des êtres que je chéris de toute mon âme qui m'empêche d'avancer plus vite ?* Probablement un peu des deux.

J'accepte cette crise de la quarantaine. Si elle est venue à moi, c'est que j'ai quelque chose à accomplir, à trouver. Je dois regarder en moi pour progresser. *Est-ce réellement une crise de la quarantaine ou un burn-out parental ?* Peu importe, ma démarche y répondra...

Je ne cherchais pas à être la fierté de ma famille, j'accomplissais les gestes quotidiens en y mettant tout mon cœur pour les rendre tous heureux. Je me surpassais pour leur donner ce qu'ils méritaient selon moi. Je me suis oubliée, épuisée. Mais cela va évoluer, j'en suis intimement persuadée.

Après une heure trente à conduire tel un automate perdu dans ses réflexions, je fais une pause. Je décide de ne remonter dans la voiture que lorsque je serai certaine de ne plus avoir de doutes sur ma démarche.

Le reste du chemin se fait en contemplant le paysage qui défile, en pensant à de bons moments, en luttant contre mon envie de ressasser mes derniers mois.

J'arrive en début d'après-midi à Albepierre-Bredons, dans le Cantal. Le stage ne commence qu'à 18 h. J'en profite pour faire le tour du village. Celui-ci est tout petit, je décide de faire huit kilomètres de plus pour grimper au sommet du Plomb du Cantal. Le vent souffle fort, mais la vue est imprenable. Je reste quelques minutes à admirer en silence ce paysage si majestueux, reposant, d'un autre temps. Je sors mon appareil photo et prends quelques clichés. Je monte et descends quelques marches. Je déambule d'un côté à l'autre pour ne pas louper une miette de cette vue vallonnée. Je m'assois sur un rocher, et découvre l'environnement qui m'entoure. Une quiétude s'empare de moi. Je reste là, immobile. Je ferme les yeux et accueille le vent qui fouette mon visage comme un discours muet avec mon moi intérieur. Je me sens en communion avec cette nature. J'inspire une grande bouffée d'oxygène. Que c'est bon de me sentir libre, vivante !

18 h. Arrivée sur le lieu du stage nature. L'accueil est chaleureux. Un petit groupe de sept, composé uniquement de femmes qui me paraissent sympathiques. Nous commençons par faire le tour de la propriété dans une ambiance bon enfant avant d'aller nous installer.

S'ensuit un repas agréable qui promet de bons moments. Une fois le dîner terminé, je me presse de rejoindre ma yourte et de déballer quelques affaires, tout en prenant le temps de détailler ce lieu atypique. Il y a une cuisine avec les rudiments pour cuisiner, une salle d'eau et une chambre pour deux en mezzanine. Les couleurs douces et feutrées en font un lieu où l'on se sent bien. Un lieu confortable et spacieux. Il y a même le Wifi. Je ne vais pas l'utiliser, je me suis engagée à me déconnecter du monde extérieur pour me recentrer sur moi, seulement quelques SMS pour faire le lien avec ma famille.

Cette première soirée me fait oublier le manque, la distance.

Avant d'aller me coucher, je prends le temps d'allumer mon téléphone. Quelle surprise ! Trois appels manqués et dix-huit SMS ! Rien d'urgent. Je rassure tout le monde en disant que je suis bien arrivée et donne quelques détails rapides. Juliette a pris le téléphone de Clémentine pour me livrer ses angoisses. Malgré l'arrivée d'Amandine, elle ne peut s'empêcher de me poser ses questions habituelles. Ses questions qui montrent son anxiété et qu'elle a besoin d'aide. Je la rassure, et réponds à quelques inquiétudes. En parallèle, j'envoie un message à Jean afin qu'il prenne du temps sur son travail pour Juliette ou bien qu'il demande à Amandine de la rassurer. Son frère et ses sœurs se moquent d'elle plus ou moins gentiment, mais son état est sérieux, il me préoccupe depuis quelques mois. Une fois remise sur pied, je me pencherai activement sur sa santé psychologique. Elle a besoin de moi, je n'ai pas réussi à l'aider jusqu'alors par manque de forces.

Si les enfants n'ont fait que parler d'eux et du vide que je laisse, Jean n'a fait qu'exprimer son soutien et l'amour qu'il me porte. C'est au moment où je m'y attends le moins que je redécouvre mon mari. J'ai envie de le tranquilliser en lui affirmant que je reviendrai sans pour autant lui donner de faux espoirs. *Comment pourrais-je penser le quitter avec tout l'amour qu'il me porte ? L'amour de l'autre est-il suffisant à mon bonheur ? Qu'est-ce que je ressens réellement pour lui ?* L'avenir répondra à mes questions...

Les jours qui suivent sont ponctués de cours culinaires, de balades en montagne afin de découvrir la faune et la flore environnantes, de cours de méditation, de yoga et de sophrologie et d'ateliers libres. Ces temps d'ateliers libres nous permettent de développer notre créativité à travers la peinture, l'écriture, le dessin, le coloriage ou le scrapbooking, et de nous exprimer autrement que par la parole. J'ai choisi la peinture et le dessin. Que d'émotions en regardant ma première toile ! Je me suis revue enfant, adolescente, jeune adulte, lorsque je passais des heures à peindre ou à dessiner. Mes deux passions enfouies. Quel bonheur elles me procurent ! Lorsque je fais glisser le pinceau sur la toile, je retrouve la fluidité de mon poignet. Je peins sans faire de pause, encore et encore. Peindre me vide, me fait tout oublier, je ne fais plus qu'un avec mon pinceau. Lorsque je dessine, je m'évade dans un monde imaginaire et laisse le crayon de papier parcourir la feuille. Je le laisse me guider, et découvre à la fin où il a voulu m'emmener, ce qu'il a voulu me dire.

Ces passions me reviennent en flashs. Je me souviens du temps passé, des sensations endormies que je redécouvre. Au fond de moi, j'ai toujours rêvé de devenir artiste peintre. Je ne me suis pas donné les moyens d'essayer.

Je tente de me souvenir depuis quand je ne crée plus. Probablement peu après ma rencontre avec Jean. Jean était l'homme rêvé, idéalisé. Je lui consacrais tout mon temps en dehors de mes cours.

Je souris en me rappelant qu'à l'école élémentaire mes cahiers étaient souvent griffonnés, ce qui m'a valu des remontrances. Je ne pouvais m'empêcher de recommencer la semaine suivante. C'était plus fort que moi, j'avais besoin de m'exprimer. Le pire fut au lycée, j'en ai usé des crayons de papier ainsi que des crayons de couleur et des tubes de gouache. Petit à petit, je me suis mise à colorier mes dessins puis à les peindre.

Chaque jour, les enfants me demandent des nouvelles et me couvrent de détails. Des petits détails qui ont beaucoup d'importance pour eux. Ces petits détails qui finissent par faire douter. Ces petits détails qui nous entraînent vers le changement si on prend le temps de les regarder, de les écouter. Écouter notre cœur, notre corps, voilà ce que je découvre à travers ce stage. Des émotions, des sensations abandonnées resurgissent.

La vie donne des réponses à nos questions lorsque l'on prend le temps de les écouter. Je n'entendais plus, trop centrée sur mes contrariétés.

La vie montre le chemin. J'avais peur d'ouvrir les yeux. La vie était là, près de moi, toujours prête à m'aider. Je la rejetais par crainte.

Je ne pensais pas en apprendre autant sur moi si rapidement. En y réfléchissant bien, je savais déjà tout, mes parents me l'avaient inculqué. Mes parents, ces deux âmes emplies d'une bonté extraordinaire. Toujours prêts à aider leur prochain que ce soit un humain ou un animal. Jamais je ne les ai entendu critiquer quelqu'un ni souhaiter du mal. Pas de rancune, pas de fierté, uniquement de la bienveillance. Ils étaient mes guides.

Un souvenir me revient. Je pense au jour où le renard avait laissé une poule pour morte. Quand, au lever, mon père découvrit cette pauvre Pâquerette agonisante, il décida de tout tenter pour la sauver. Elle prit place dans un nid douillet, sous une couverture polaire, proche de la cheminée. Il lui mettait de l'eau dans son bec et lui écrasait du blé. Au bout d'une douzaine de jours, elle était à nouveau sur pattes, avec le cou de travers et une patte cassée qui mit du temps à se remettre. Quelle patience ! Quel amour !

Vendredi. Départ du Cantal vers le Puy-en-Velay. Quelques photos souvenirs, des numéros de téléphone supplémentaires des participantes au stage et des embrassades avant de charger ma valise, et de prendre la route.

Chapitre 5

Arrivée au Puy-en-Velay, point de départ du pèlerinage sur les chemins de St-Jacques-de-Compostelle. Je transfère le strict minimum dans le sac que je devrai supporter sur le dos. Le reste sera acheminé sur mes lieux de couchage grâce à l'option « transfert de bagages ». Jusqu'à maintenant, je regardais les pèlerins avec curiosité et admiration. Les quatorze prochains jours, je me mettrai dans leur peau. En quatorze jours, je suis consciente que je ne parcourrai qu'un tronçon du chemin, qu'importe, l'objectif est de me connaître. En marchant, je vais aller à ma rencontre et révéler qui je suis réellement. Durant ces quelques jours, j'aurai le temps de vider les doutes et les idées noires, de réfléchir à mon avenir, de me ressourcer et de tourner une page grise pour ouvrir une page blanche. La vie est une perpétuelle évolution.

Organiser ce voyage fut le plus difficile. Il a d'abord fallu que je choisisse mon lieu de départ ainsi que celui d'arrivée, puis les endroits où dormir, comment acheminer mes bagages, me nourrir, revenir au point de départ… J'ai finalement opté pour un parcours clé en main. J'ai également trouvé un site d'échange pour que les pèlerins se rencontrent.

Une femme doit m'accompagner. Elle s'appelle Adeline. Elle a trente-quatre ans, célibataire sans enfants, et paraît très agréable d'après nos échanges par mails et par téléphone. Sa démarche est différente de la mienne, elle souhaite se reconstruire après avoir été harcelée sexuellement six ans par son patron.

À deux, nous serons plus fortes dans les moments de fatigue. Nous ne serons pas obligées de nous parler, nous nous tiendrons compagnie. Nous avons tous nos petits tracas, ils deviennent des forces lorsqu'on les surmonte, nous avons donc le même objectif.

Ce que je crains le plus, c'est que mon corps ne suive pas, je ne suis pas sportive !

Je découvre Adeline dans le hall de l'hôtel où nous avions prévu de nous donner rendez-vous. Elle est légèrement plus grande que moi. Une brune aux superbes cheveux longs, au sourire chaleureux et avenante. L'enthousiasme qu'elle a de me rencontrer fait chaud au cœur.

Nous dînons ensemble, et commençons à apprendre à nous connaître par la même occasion. Je lui parle de ma famille, de ma démarche, de mes attentes ; elle me parle de sa démission et des raisons qui l'y ont poussée, de son patron un peu trop entreprenant en commençant par des allusions, des questions déplacées sur le ton de la plaisanterie, puis des commentaires sur son physique avant de tenter des effleurements pour finir par devenir harcelant. La pression, la remise en question, le doute, la fuite. Elle a eu beaucoup de courage pour rester aussi longtemps. Elle aurait pu porter plainte, elle préfère chasser ces images et débuter une purification du corps et de l'esprit à travers ce pèlerinage. Sa déception se lit sur son visage. Je lui souhaite de trouver ce qu'elle est venue chercher.

– Es-tu certaine de pouvoir tenir un mois sans eux ? me demande Adeline sur le ton de la plaisanterie.

– Ils vont me manquer, mais c'est aussi pour eux que j'entreprends cette démarche. Mon bien-être, mon couple et mes enfants en ont besoin.

– C'est la première fois que tu les laisses ?

– Je ne suis jamais partie sans eux, ça ne me serait pas venu à l'idée il y a encore quelques mois de cela.

– Je te trouve courageuse de supporter une belle-famille pareille ! Comment tu fais pour ne pas exploser ?

Adeline secoue la tête de gauche à droite en me regardant consternée. Je lui ai décrit le même tableau noir dressé à Jean quelques jours auparavant. Il n'y a pas eu que de mauvais souvenirs, les bons ont été mis de côté, dans un

coin de ma tête. Ils vont revenir, du moins, je l'espère !
D'ailleurs, mon animosité à leur encontre a disparu.
Finalement, je ne leur en veux pas, je commence à les
comprendre. *Pourquoi auraient-ils arrêté s'ils pensaient que
j'aimais ce que je faisais pour eux ?* Toujours oui. Toujours
le sourire.

Samedi, 7 h 30.

Adeline et moi sommes sur le départ.

Le Puy-en-Velay, une ville historique avec une vue
superbe. Le chemin que nous empruntons progresse à travers
les paysages volcaniques et granitiques du Massif Central,
parfois boisés.

Nous marchons en silence, lentement, en regardant de
part et d'autre. Quelques photos, histoire de figer les
souvenirs. Comme dans le Cantal, une vraie communion avec
la nature.

Cinquième jour sur les chemins de St-Jacques-de-
Compostelle. Ces chemins riches en patrimoine et en culture
mystique. Nous marchons en moyenne six heures par jour.
Nous admirons la splendeur de la nature à travers le paysage
qui défile à la cadence de nos pas, nous prenons le temps

d'échanger avec d'autres pèlerins de passage. Nous écoutons ce que le silence nous dit...

Avec Adeline, nous parlons surtout au moment des repas, le reste du temps nous visitons le patrimoine classé à l'UNESCO. Chaque journée est enrichie à travers de nouvelles découvertes, de nouvelles rencontres, de nouveaux souvenirs à graver.

En ce cinquième jour, je commence à prendre le rythme. Mon corps s'est habitué à toute cette marche. Je me sens moins épuisée en tombant dans mon lit le soir, et mes pieds sont moins endoloris. Adeline m'a conseillé la technique du bain de pieds froid puis chaud en alternance cinq minutes dans chaque bassine durant une vingtaine de minutes afin de réduire les inflammations.

Hier, en allant me coucher après une longue discussion avec Adeline, j'étais vidée, mais pas fatiguée. J'ai d'ailleurs beaucoup pensé à notre conversation et à son souhait de ne pas fonder de famille. Elle ne veut plus d'homme dans sa vie, son patron a été la goutte d'eau qui a fait déborder le vase après plusieurs ruptures douloureuses pour infidélités, naïvetés, excès de gentillesse. Elle dit avoir barricadé son cœur et avoir fait le deuil sur la famille qu'elle n'aura pas. *Comment être aussi formelle à son âge ?* Elle a encore tellement à vivre, à apprendre.

En ce qui me concerne, mes idées redeviennent plus joyeuses.

Lorsque je songe aux enfants, je pense aux moments heureux passés en leur compagnie. Je revois des anecdotes pour chacun, des fous rires. Je dessine leur portrait et leur personnalité en me forçant à réfléchir sur les qualités que j'apprécie le plus en eux.

Valentin, malgré sa nonchalance et son apparence rebelle avec ses cheveux toujours en bataille, est doux comme un agneau. Il veut bien tout, et n'a pas la loi face à ses sœurs. Il ne cherche pas à s'imposer, il se laisse porter. Bourré d'humour, parfois décalé qui ne fait rire que lui, il est toujours de bonne humeur.

Clémentine, sa jumelle, est plus ronchonne. Un brin réservée, elle aime le calme et la tranquillité. Elle ne se confie que si elle a besoin d'aide, elle préfère garder son petit jardin secret. Malgré ses six années de différence avec Juliette, elle joue encore à la Barbie !

Louison, la plus froide des quatre, n'aime ni les bisous, ni les câlins, ni les compliments qui l'embarrassent. Elle ne montre pas ses sentiments, et paraît se détacher des remarques désobligeantes qui peuvent lui être faites. Elle donne l'impression que tout glisse sur elle et que rien ne peut l'atteindre. Elle n'aime pas être taquinée. En revanche, elle adore embêter son frère et ses sœurs. Tout comme Clémentine, elle est studieuse et joueuse.

Juliette, la petite dernière au caractère affirmé, ne mâche pas ses mots. Franche depuis qu'elle sait parler, elle dit toujours spontanément ce qu'elle a sur le cœur, peu importe à qui elle s'adresse. Je la laisse faire, elle comprendra d'elle-même qu'il faut parfois se retenir. Au fond de moi, je l'envie d'avoir cette capacité ! Elle pose toujours beaucoup de questions, est curieuse de tout. J'ai parfois été gênée, dans les magasins. Elle a le don pour poser les bonnes questions : « Maman, pourquoi la dame a de la barbe ? », « Maman, pourquoi le monsieur a des seins ? », « Maman, pourquoi le monsieur est sale ? ». Juliette et ses pourquoi ! En ce moment, elle est plutôt dans : « Maman, tu vas bientôt avoir quarante ans, tu seras vieille, comment on va faire ? ». J'ai beau lui répéter que son papa a plus de quarante ans et que rien n'a changé, d'autant plus que ce n'est pas vieux, elle fait une fixation sur cet âge, qui, selon elle, détermine le début de la vieillesse. Elle verra probablement les choses différemment lorsqu'elle aura mon âge ! C'est pourquoi, je me suis mise à noter les perles de chacun. Cela promet des rires quand ils liront les remarques qui sortaient de leur bouche étant enfant !

Cet éloignement me permet de souffler, de prendre du recul et de comprendre comment j'en suis venue à m'oublier à travers eux. Je leur donne toute mon énergie, tout mon temps, tout mon amour. Je ne vois plus que les enfants au détriment de Jean que j'ai délaissé petit à petit. Son travail prenant m'a aidée à justifier pourquoi je focalisais mon attention vers les enfants.

En marchant, je pense à Jean. Je ne lui en veux plus du tout de son délaissement. Ce désintérêt est le reflet du mien à son égard. J'ai transféré sur lui l'image que je ne voulais pas voir en moi. J'ai envie de l'appeler, de lui parler de mes découvertes, de ma progression... Je m'abstiens. Je ne veux pas précipiter les choses, il me reste encore tant à découvrir. Je ne suis qu'à mi-chemin de mon temps imparti, le temps que j'ai accepté de prendre pour la première fois. Pour la première fois, je me focalise sur moi, et moi seule.

Non, ce n'est pas égoïste de penser à mon bonheur.

Non, ce n'est pas lâche de fuir mon quotidien pour avancer.

J'accepte de ne pas être infaillible, et d'avoir droit à du repos.

J'accepte que le temps passe, et que je ne peux plus rester sur mes acquis.

J'accepte que mes besoins changent, et d'aller à leur rencontre.

Dixième jour de pèlerinage.

Aujourd'hui, j'ai failli laisser la panique m'envahir en écoutant le message d'Amandine qui m'annonçait qu'elle avait trouvé un CDD de six mois et qu'elle commençait demain. Heureusement, c'était au moment du déjeuner, ce qui a permis de trouver rapidement une solution en l'appelant. Je me demande même si elle n'avait pas déjà tout calculé, car lorsqu'elle m'a dit : « Je ne pensais pas que c'était aussi difficile de s'occuper de quatre enfants et de l'intendance d'une maison ! Je suis épuisée et j'aurais bien eu besoin de vacances avant de commencer mon nouvel emploi. Tu comprends, Sophie, un CDD de six mois, ça ne se refuse pas ! ». Je comprends, mais elle aurait pu me prévenir qu'elle avait postulé ailleurs. Elle n'a pas dû avoir l'entretien aujourd'hui.

Par chance, l'une de ses amies est disponible pour la remplacer. Elle me vante ses qualités, j'ai envie de la croire, et je range mon téléphone. Je le rallume que vers 17 h 30. Bien que m'ayant fait la promesse de garder mes distances avec mon téléphone, je ne peux m'empêcher de le consulter de temps à autre. Les enfants ont saturé ma boîte vocale !

Dans leurs messages, ils se répètent. Ils pensent qu'Amandine n'a pas trouvé un travail en si peu de temps, mais qu'elle craque. Ils n'ont peut-être pas tort... La vérité finira par se savoir. Le plus important, ils ne resteront pas seuls, Coralie arrivera demain matin. Je sais déjà que demain, je laisserai mon téléphone allumé pour avoir un retour sur cette jeune fille.

Jean ne pourrait pas travailler, gérer les enfants et la maison. Il est un homme et non un surhomme, surtout sans entraînement !

Ne travaillant plus, du moins hors de la maison, j'ai habitué les enfants à beaucoup se reposer sur moi. Visiblement, ils ne sont pas prêts à renoncer à leurs habitudes acquises, car d'après ce que j'ai compris, ils attendaient qu'Amandine fasse exactement comme moi. Le changement de rythme est toujours difficile au début, c'est une question d'apprentissage. Je suis certaine que d'ici à ce que je revienne leurs besoins auront évolué.

Il n'y a pas si longtemps, je me serais culpabilisée de les confier à une inconnue, il n'en est plus rien.

Après avoir rassuré tout le monde, je rejoins Adeline pour le dîner.

Adeline est tout excitée sur sa chaise, elle a eu son déclic.

– Ça y est, je sais ce que je vais faire en rentrant chez moi !

Sa joie m'envahit.

– Secrétaire, toute la journée sur un ordinateur, enfermée dans un bureau, j'aurais dû savoir que ce n'était pas fait pour moi ! L'évidence m'a sauté aux yeux en admirant la nature depuis ma chambre.

Je confirme, le paysage est magnifique. Contempler les arbres à perte de vue, admirer leurs feuilles naître et découvrir les premières marguerites pointer le bout de leur nez depuis la fenêtre de ma chambre est captivant. Le printemps est une saison que j'affectionne, la nature se réveille.

– J'ai toujours été fascinée par mon oncle, le frère de ma mère, et par sa boutique. Depuis toute petite, j'adore l'aider à préparer ses infusions, ses décoctions ou ses macérations. L'odeur qui se dégage de son atelier est indéfinissable, elle reste dans ton nez, dans tes pensées plusieurs heures après ! Lorsque j'étais petite, je refusais de prendre des médicaments. Il fallait que ma mère appelle son frère et qu'il lui conseille quoi acheter pour me guérir. Maintenant, je n'ai plus besoin de lui demander, j'ai un carnet qui indique quelles plantes pour quels maux avec la posologie et la durée du traitement. C'est passionnant !

– Passionnant ! Mais tu ne m'as toujours pas dit quel est ce métier si extraordinaire.

– Herboriste ! Je vais devenir herboriste, comme mon oncle !

J'écoute Adeline parler inlassablement. Je bois ses paroles. Son enthousiasme est communicatif. Elle a trouvé ce qu'elle était venue chercher, j'en suis heureuse pour elle. Elle connaît le chemin à suivre.

– Il y a cent-quarante-huit plantes médicinales reconnues en France, mais quasiment plus d'herboristes, sauf ceux ayant obtenu leur diplôme d'État avant la date de sa disparition en 1941. Il ne reste que quelques pharmacies/herboristeries. Tandis qu'en Belgique, il existe une vraie formation, soit en écoles privées, soit en formation à distance d'une durée de deux ans, reconnue par la Fédération d'herboristerie européenne. Après ce diplôme, je pourrais devenir indépendante et ouvrir ma propre herboristerie.

Adeline a déjà tout prévu. Elle va suivre sa formation à distance, faire ses stages chez son oncle, tout en exerçant des petits boulots à côté. Elle parle déjà d'étudier les marchés belges afin de trouver le meilleur emplacement pour ouvrir sa boutique.

– Au fond de moi, je sais qu'il s'agit de ma réelle vocation. Je n'arrive pas à croire que je ne m'en aperçoive que maintenant !

– Il n'est jamais trop tard !

– Heureusement que mon patron m'a déçue, sinon je serais encore enfermée dans ce bureau qui ne me convenait pas réellement.

– Rien n'arrive par hasard. Ton ancien patron a été mis sur ton chemin pour te faire avancer.

Adeline me regarde avec une telle douceur qu'elle me donne envie de la prendre dans mes bras. Je m'abstiens, et reste émue face à cette renaissance.

Elle n'a toujours pas avalé une bouchée. Son visage est en béatitude. Elle est magnifique !

Après un long moment, Adeline se remet de ses émotions.

– Tu n'as pas peur de rentrer chez toi et que tout recommence comme avant ? me demande-t-elle.

– Ma vie sera à jamais bouleversée. Je n'oublierai ni cette aventure ni ce qu'elle m'a apporté. Elle m'a transformée.

– Tu crois que ton mari et tes enfants vont accepter ce changement ?

– J'espère. À moi de l'amener en douceur. J'ai reconnu mon mal-être pour ne plus avoir l'impression de subir ma vie, mais de la vivre. Ce n'est pas pour abandonner maintenant.

– D'ailleurs, tu parles de tes changements, mais en dehors du fait de souhaiter avoir plus d'aide, d'écoute, d'autonomie du côté des enfants, de temps avec Jean, tu ne penses pas que ce serait bien d'avoir un projet à toi et uniquement à toi ?

– Je reste discrète sur mes projets car je ne suis pas seule. Je ne peux entraîner cinq autres personnes sans leur consentement. Il y en a un qui me trotte dans la tête depuis mon séjour nature…

Adeline n'insiste pas pour le connaître, je pense qu'elle a compris mon souhait d'aller lentement, mais sûrement.

– Tu peux vraiment être fière de toi. Tout te réussit. J'aimerais vraiment te ressembler.

– Cette démarche est une vraie émancipation que je suis fière d'avoir provoquée. Toi aussi tu peux être fière de toi, tu as trouvé ta véritable vocation. Je suis certaine que tu vas réussir à aller au bout.

Adeline ne dit rien. Elle me contemple, rêveuse.

– Si nous nous sommes rencontrées, c'est que nous avons chacune quelque chose à apporter à l'autre.

– Je remercie le ciel de t'avoir mise sur mon chemin. Une personne comme toi mérite d'être connue, me dit Adeline dans un murmure.

– Ne te sous-estime pas, tu as une très belle âme.

La gentillesse d'Adeline, sa joie de vivre, sa douceur rendent cette aventure fabuleuse.

– J'aimerais beaucoup rencontrer tes enfants. À force de t'entendre parler d'eux, j'ai l'impression de les connaître.

– Je suis certaine qu'ils t'apprécieraient.

Nous continuons à discuter jusqu'à tard dans la nuit, assises chacune sur une chaise, dans ma chambre. Je lui parle de mon enfance, de mes études, de ma rencontre avec Jean, des enfants. Elle m'explique les bienfaits des plantes et me donne plein de conseils intéressants. Je prends le temps de noter quelques astuces qui me serviront, comme le bicarbonate de sodium contre l'acidité gastrique qui m'a titillée ces derniers temps, un masque à l'aloe vera et au blé contre l'acné pour Louison, un petit-déjeuner avec lait d'avoine, céréales d'avoine et levure de bière pour être de bonne humeur, du germe de blé contre la chute des cheveux, ou comment faire une crème antirides maison… Le temps passe, la nuit tombe, et nos yeux piquent.

Avec Adeline, je suis authentique. Juste moi, pas besoin de me surpasser, je me livre à cœur ouvert, et en toute confiance.

Nous projetons également de nous revoir. Amboise/Le Mans une heure trente l'une de l'autre. Il suffira de s'accorder des petits moments, d'autant plus qu'elle ne va pas rester longtemps avant de partir s'installer en Belgique avec tous ses projets. Rapidement, je me suis attachée à elle, comme si un lien inexplicable nous unissait. Je n'ai jamais entendu de critiques sortir de sa bouche. Même lorsqu'elle parle de son ancien patron, elle se contente de relater les faits. Toujours prête à remonter le moral, à aider. Un vrai soutien psychologique. Cette fille est un trésor. Je ne pouvais espérer meilleure rencontre. J'ai des amies, mais cette rencontre est différente, d'une autre dimension. Peut-être parce que nous avons la même démarche ; parce que je me reconnais en elle ; parce que tout ce que je pense d'elle, c'est ce que je refuse d'entendre me concernant. Les compliments venant de mes amies me mettent mal à l'aise. À contrario, je prends plaisir à en donner.

Onzième jour.

Adeline frappe à ma porte, je n'avais pas entendu la sonnerie de mon réveil. J'étais en plein sommeil. Un sommeil réparateur.

En me levant, je jette un œil à mon téléphone. Pas d'appel. Coralie doit être arrivée, sinon les enfants se seraient précipités vers leur numéro fétiche !

Je me sens légère, un peu ailleurs, déconnectée de la réalité. J'ai du mal à reprendre la route. Adeline est là pour me motiver. Cette journée sera forcément riche culturellement, en nouvelles découvertes et en échanges.

– Tu ne peux pas t'empêcher de penser à eux !

– C'est plus fort que moi. Le stress d'hier m'a vidée.

– Même à des kilomètres de marche, l'amour d'une mère est plus fort que tout.

– J'espère que Coralie est une fille sérieuse.

– Dès ce soir, tu seras fixée !

Quatorzième et dernier jour de marche.

Nous sommes arrivées à Conques, point de chute de notre périple.

Nous allons prendre le temps de visiter cette ville monastique et médiévale qui donne une impression « d'ailleurs ». Un pays à elle seule ! Cette ville est une merveille romane. Son église abbatiale est remarquable avec les sculptures du porche, classé au patrimoine mondial de l'humanité.

Je me souviens être déjà venue une fois, avec Jean. C'était avant la naissance de Valentin et Clémentine. Nous avions pris un verre sur l'une des terrasses de la place centrale après une visite qui nous avait laissés sans voix. Nous nous étions pris au jeu d'imaginer ce que pouvait être cette ville au temps du Moyen-Âge et des croisades.

Conques est classé comme l'un des plus beaux villages de France. En ce qui me concerne, je n'ai pas le souvenir de m'être déjà autant extasiée devant une ville. Cette ville est si belle, si riche en culture et en histoire qu'elle en est enivrante.

En redécouvrant cette ville, je prends le temps de regarder les petits détails, tout en me rappelant les rues où nous étions passés avec Jean. Je combine le passé et le présent.

– Incroyable ! J'ai l'impression d'avoir quitté la France !

Adeline y vient pour la première fois, je comprends son émerveillement.

– La France regorge de richesses !

Bien qu'ayant marché trois heures avant d'arriver à cette ultime étape, nous continuons à déambuler dans le cœur de la ville. Nous passons et repassons aux mêmes endroits afin de ne rien manquer.

14 h 05. Nous prenons enfin le temps de nous installer à une terrasse pour déjeuner. Nous restons un moment silencieuses, à regarder de part et d'autre, d'un regard mélancolique. Nous savons que la fin est arrivée. Dans peu de temps nous allons devoir prendre la navette qui nous ramènera à notre point de départ, le Puy-en-Velay. La nostalgie m'envahit en songeant aux différentes phases par lesquelles je suis passée ces trois dernières semaines. Le doute, la quête, la redécouverte des plaisirs simples, la sensation de liberté, les pensées claires, l'ouverture vers la voie à prendre. Ce cheminement ne s'arrête pas là, il reste sept jours…

Sept jours pour me conforter dans mes choix et dans mon avenir.

Sept jours pour finir de découvrir qui je suis réellement.

Sept jours où tout peut encore arriver…

– J'ai du mal à réaliser que nous venons de passer quatorze jours ensemble emplis de douceur, de découvertes et de spiritualité, et que cette aventure prend fin aujourd'hui.

– Heureusement que tu m'as convaincue de t'accompagner au mini-séjour thalasso. Nous allons pouvoir revenir en douceur dans le monde réel.

– Une chance qu'il restait de la place !

Nous échangeons quelques banalités avec Adeline avant de revenir aux sujets plus concrets.

– Mon projet d'herboriste bouillonne dans ma tête. J'ai hâte de commencer ! Même si je dois reconnaître que mes parents vont terriblement me manquer lorsque je partirai pour la Belgique.

– Dans quelques années, ils seront à la retraite. Ils pourront plus facilement venir te voir, car si j'ai bien compris, ta mère est belge ?

– En effet, ma mère est belge et toute sa famille vit en Belgique sauf l'un de mes cousins qui habite à Eguisheim. Elle a suivi mon père jusqu'au centre de la France.

– Sa famille ne lui manque pas trop ?

– Elle en parle régulièrement, et à chaque période de vacances scolaires, c'est en Belgique que nous partons.

Adeline paraît rêveuse.

– Dire que j'ai failli refuser leur offre !

Adeline a des parents aimants et soutenants. Ils lui ont proposé de revenir s'installer chez eux le temps de sa reconversion, ce qui lui permettra d'éviter des dépenses de loyer, de charges, de nourriture…

– Tu as raison d'accepter la main que tes parents te tendent. Recevoir de l'argent de ses parents pour boucler les fins de mois est différent de l'hospitalité qui a un côté bienveillant et chaleureux.

– Retourner vivre chez eux m'apparaissait comme un échec. Puis, j'ai compris que prendre du recul pour mieux rebondir n'est pas un échec, mais un nouveau départ, même si pour cela je devais revenir en arrière, le temps de quelques mois.

Adeline me raconte comment ses parents en sont venus à lui proposer de revenir vivre au nid familial. À ce moment-là, elle ne savait pas qu'elle allait se diriger vers une direction qui nécessiterait un véritable chamboulement dans sa vie.

– Lorsque j'ai annoncé à mes parents que j'allais démissionner sans avoir pris le temps de chercher un nouvel emploi et que je ne serais pas indemnisée par pôle emploi, s'agissant d'un départ volontaire d'un CDI, mes parents ont eu peur. Ils ne voyaient pas comment j'allais pouvoir attendre quatre mois avant de toucher un centime, sachant que je ne voulais pas me mettre en recherche d'un nouveau travail, que j'étais en pleine réflexion. Au moment où j'ai remis ma lettre de démission en main propre à mon patron, mon manque d'épanouissement dans ce que je faisais me sauta aux yeux.

– Tes parents sont vraiment formidables de ne pas avoir essayé de te raisonner.

– Ils savaient que je n'étais plus heureuse. Ils le voyaient les dimanches midi lors de nos traditionnels repas en famille. Je n'arrivais plus à faire semblant, et j'ai fini par tout leur raconter.

– En tant que parents, je comprends qu'ils ont choisi de te soutenir. Comment te pousser à rester, sachant ce que ton patron te faisait subir.

– Ils n'ont pas suggéré que je retrouve un emploi avant de quitter le mien.

Adeline me regarde, songeuse.

– Aujourd'hui, je suis persuadée que cette reconversion n'est pas le fruit du hasard. Rechercher les causes d'un déséquilibre chez une personne, réaliser un bilan de vitalité, lui proposer un protocole personnalisé afin qu'elle retrouve confort, santé et énergie, conseiller un client qui souhaite revenir aux méthodes naturelles, c'est le reflet de mes valeurs.

– Tu as de très belles valeurs.

Adeline détourne les yeux des miens.

– J'ai toujours essayé de me soigner avec des remèdes de grand-mère. dit-elle en riant. Je me souviens de la fois où je refusais de prendre des antibiotiques pour une otite. Je devais avoir onze ans. J'avais accès à l'ordinateur de mes parents, je me suis empressée de rechercher comment je pouvais naturellement me débarrasser d'une otite. Je ne te raconte pas la tête de ma mère lorsque je lui ai dit : « Pas besoin d'antibiotiques, nous avons du citron ! ». Finalement, elle a refusé de me mettre le jus dans l'oreille, je n'ai jamais su si ça aurait fonctionné.

Nous rions ensemble.

– Ma vocation était sous mes yeux. Je refusais de les ouvrir, jusqu'au jour où Jean m'a poussée à bout.

Adeline met une main sur sa bouche, en me regardant comme si elle venait de dire une bêtise.

– Jean ?

– Mon ancien patron.

Adeline n'en dit pas plus. Ses joues se colorent légèrement.

Je n'insiste pas. Mais sa gêne m'interroge. *Pourquoi se met-elle à rougir en évoquant le prénom de son patron ?*

– Les rencontres que nous faisons ne sont pas une coïncidence, ton patron a été mis sur ton chemin pour te provoquer et te permettre de te dévoiler. Dis-toi que c'est un mal pour un bien.

– Depuis que je parle avec toi, je comprends mieux ses agissements. Il n'allait pas bien, je n'ai rien fait pour l'aider. C'était un appel au secours qu'il me faisait, je n'ai rien vu, dit tristement Adeline.

– Je ne suis pas certaine de te suivre. Tu vas le défendre après ce qu'il t'a fait endurer ?

– Je ne le défends pas, j'essaie de le comprendre.

Adeline regarde au loin, pensive.

– Pour suivre ma logique, si j'avais senti qu'il avait besoin d'aide, je l'aurais soutenu. Mais… je ne serais pas là. Je n'aurais pas eu ce déclic concernant ma véritable vocation.

– Tout prend sens en rassemblant les pièces du puzzle.

– J'en suis désolée.

Adeline a les larmes aux yeux. Ses yeux me regardent comme s'ils me demandaient pardon.

– Tu n'as pas à être désolée. Nous faisons tous des erreurs de jugement. D'autant plus que six ans à le supporter ça fait beaucoup de souffrance, si c'est vraiment par mal-être qu'il a agi ainsi à ton égard.

– Il a beaucoup de qualités. Je l'appréciais énormément avant de lui en vouloir. Cela ne fait pas réellement six années que je suis déçue. Changeons de sujet.

Adeline prend une grande inspiration, et se force à sourire. C'est la première fois que je la trouve incohérente vis-à-vis de cet homme. *Peut-être que ces quatorze jours ont été forts en émotions et qu'elle a du mal à les gérer ?* Elle n'est pas la seule à s'être voilé la face et à avoir refusé de se rendre à l'évidence.

Lorsque j'ai obtenu mon Master 2 en communication, j'ai tout de suite recherché un emploi pour mettre en pratique mes connaissances. Du moins, celles que je pensais posséder pour développer un projet marketing ou lancer une campagne publicitaire. Après deux années d'activité, je n'ai pas eu de mal à quitter mon premier emploi pour entrer dans la peau d'une jeune maman, à la naissance de mes jumeaux. J'aurais pu prendre un congé parental, non, il a fallu que je démissionne. Mais il n'y avait pas que çà... J'avais l'impression d'être un imposteur lorsque je vendais un projet dans lequel je n'étais pas persuadée de croire. J'aimais l'authenticité, la simplicité, la franchise. Mon travail ne me permettait plus de rester égale à moi-même. *La preuve que je n'étais pas faite pour ce métier, mais quoi faire après cinq années d'études et à peine deux ans d'expérience ?* Faute de réponse, je me suis cantonnée dans mon rôle de maman et d'épouse. Ce rôle m'épanouissait, me remplissait de joie.

Un souvenir me revient en mémoire, je me vois à l'ombre du marronnier, derrière la maison, allongée dans un transat avec Valentin dans un bras, Clémentine dans l'autre. J'adorais les bercer tout en les admirant jusqu'à en avoir des picotements dans les yeux à force de les fixer. Ces picotements me poussaient à détourner la tête de leur jolie frimousse. Dans ces moments-là, plus rien n'existait autour de nous. Le soir, quand Jean rentrait, je passais le quart d'heure qui suivait son retour à lui raconter ce qu'ils avaient fait de leur journée, sans omettre la moindre mimique. Jean buvait mes paroles. Il les prenait l'un après l'autre avec grande précaution de peur de les serrer trop fort. Il me complimentait concernant la maman formidable que j'étais et la chance de nous avoir. J'étais comblée.

Adeline me sort de mes pensées.

– Tes enfants vont retrouver une maman plus en forme que jamais !

– Oh que oui ! Et je compte bien impulser un nouveau souffle à mon retour.

– Comment vas-tu amener le changement ?

– Je ne sais pas exactement comment. Je ne me suis pas fixé un plan précis, je vais laisser les choses se mettre en place naturellement. C'est en montrant l'exemple que l'on impulse la transformation. Je suppose que s'ils me voient arriver métamorphosée, ils auront le sourire et resplendiront à leur tour. Il en sera de même pour le reste.

– J'aimerais te ressembler. dit tristement Adeline.

Les yeux d'Adeline s'emplissent une nouvelle fois. Je fais comme si je ne remarquais rien pour respecter son silence qui en dit long sur ses émotions.

– Et Jean ? me demande-t-elle après s'être reprise.

– Nous avons évolué différemment. Un écart s'est creusé entre nous. Il est devenu carriériste, pour sa famille d'après lui, ce qui a laissé peu de place pour nous. Je suis devenue maman à temps plein en négligeant la femme qui se cachait derrière ce rôle. J'ai oublié qu'une maman était aussi une femme.

– Je suis certaine que vous allez vous retrouver.

– Peut-être qu'avec Jean, ça fera comme avec les enfants... Il modifiera ses habitudes si j'impulse le changement...

Après quelques heures de bus, plus que cinquante-neuf minutes avant d'arriver au Puy-en-Velay.

Adeline et moi ne vivons pas ce trajet de la même façon. Je me suis enfermée dans ma bulle en pensant à ma famille, à mon parcours jusqu'à aujourd'hui, à qui je suis et à ce que je veux devenir tout en contemplant le paysage déroulant sous mes yeux.

Adeline, de son côté, a retrouvé le sourire et sa bonne humeur. Elle avait besoin de commenter le panorama, de me parler de ses ambitions professionnelles, d'exprimer ses craintes, ses ressentiments. Elle se projette avec lucidité dans sa future carrière. Elle s'imagine déjà dans une boutique chaleureuse avec des pots étalés un peu partout, sur des étagères en bois rustique. Sa certitude quant à son avenir me renvoie à mes doutes, à mes craintes et à mes incertitudes. Avec les enfants, je pense qu'il sera simple d'impulser une nouvelle dynamique.

Fini le linge plié et rangé dans les armoires. Déléguer permet de se préserver.

Fini la table à mettre et les couverts à peine entassés dans le lave-vaisselle. L'aide est une forme de respect.

Fini de courir de chambre en chambre pour le réveil du matin. Savoir se prendre en main est le début de l'autonomie.

Fini les fiches de révisions pour Valentin, la lecture de consignes et les réponses trop vite données aux devoirs. Chercher fait partie de l'apprentissage.

Fini de cuisiner seule. Quoi de mieux que l'immersion !

Je vais installer des journées spéciales « enfants » où nous inverserons les rôles.

Fini les trajets inutiles, à courir partout. La patience a ses vertus.

Fini...

Mais avec Jean...

Jean qui me regarde à peine.

Jean et Sophie, deux courants d'air opposés !

Jean que je doute aimer encore.

Et pourtant...

Sa déclaration d'amour à l'annonce de mon projet fut inattendue, mais tellement la bienvenue. Elle me revient en boucle dans la tête. Je ne peux ignorer l'effet de ses paroles sur moi ; le bien-être ressenti lorsqu'il m'a pris dans ses bras. Ses bras me manquent, sa voix me manque, sa présence me manque. Il me manque !

Ces trois semaines passées m'ont permis de comprendre que les ressentiments à l'égard de Jean et de sa famille n'étaient que le reflet de la perception que j'avais de moi. Je me détestais à travers eux. Je détestais la personne que je n'avais pas trouvée en moi. Ce n'était que le miroitement de ma frustration.

Ma rancœur a disparu. Mes sentiments pour Jean ne sont pas morts. *Mais seront-ils suffisants pour ranimer la flamme et nous porter vers de nouveaux horizons ? Arriverons-nous à retrouver la communication perdue ?* J'ai beaucoup d'espoir quant à nos retrouvailles. Dimanche prochain, je serai fixée. En le retrouvant, je saurai si oui ou non nous devons poursuivre notre route ensemble.

Adeline me sort une nouvelle fois de mes pensées.

– Ce serait super de nous octroyer un petit week-end, rien que toutes les deux. Tu en penses quoi ? dit-elle débordante d'enthousiasme.

– Je trouve l'idée excellente ! Nous pourrons trouver un petit coin sympa, entre Amboise et Le Mans.

Nous ne prenons pas de date, et ne faisons qu'en parler. Octobre, un mois calme, serait l'idéal. Je vais garder ce projet en tête et le faire mûrir...

– Un week-end seule ou entre filles, de temps en temps. Voilà un objectif réalisable ! dis-je tout enjouée.

Lever le pied ne va pas se faire du jour au lendemain. Commencer à prendre de nouvelles habitudes, comme tenir ses résolutions, permettra de chasser en douceur les mauvaises pratiques. Il faut que j'accepte de progresser petit à petit, en concédant de ne pas être une super-maman, une super-femme, une super-épouse, une super-amie, mais juste une femme avec des limites.

– J'ai peur ! dis-je soudainement.

– De quoi ?

– D'avancer. Je viens de réaliser qu'avancer, changer, ces mots me font peur. J'ai peur d'échouer, de ne pas être à la hauteur.

– Tu es une femme courageuse ! Je crois en toi.

– J'ai la sensation de ne plus avoir la possibilité d'échouer. Je me mets la pression.

Nous nous regardons d'un œil complice.

– Pourquoi crains-tu d'aller de l'avant ?

– Probablement parce que je vais devoir lever le masque et accepter de révéler mon vrai visage, le visage d'une femme ordinaire.

– Comment peux-tu dire une chose pareille ? Tu es une femme merveilleuse telle que tu es et rien que pour cela, je suis fière d'avoir fait ta connaissance. Je ne mérite d'ailleurs pas ton amitié.

– Ah non ! Je ne peux pas te laisser dire ça. Toi aussi, tu vaux la peine d'être découverte.

Le visage d'Adeline se voile. Elle détourne la tête. Depuis cet après-midi, elle a des moments de morosité qui m'échappent.

– J'ai l'impression d'avoir menti à tous en voulant paraître ce que je ne suis pas. J'ai peur de les décevoir. Je redoute leurs réactions.

– C'est toi qui dis ça ! Si tu savais ce que j'ai fait !

Adeline se pince les lèvres et se tait brusquement. Je décèle un affolement dans son regard. *Dois-je l'inviter à poursuivre en lui demandant ce qu'elle a pu faire de mal ? Je* n'ose pas. Nous restons silencieuses, et regardons chacune d'un côté.

Après un moment plongée dans mes pensées, je sors mon téléphone du sac. Ce téléphone que je garde le plus possible loin de mes yeux. Cet objet me rend vulnérable.

Vulnérable à cause des photos dont il regorge.

Vulnérable à cause de la tentation qu'il engendre.

Vulnérable à l'écoute de la voix des personnes que j'aime le plus.

Je ne résiste pas, et l'allume. Il indique un message vocal de Louison. Louison n'appelle jamais pour rien, il doit s'agir d'une urgence. Sur le message, la voix de Louison se coupe, elle est en pleurs. Des larmes me montent. Des larmes silencieuses. Je me sens impuissante face à sa détresse, je ne peux la rassurer, la réconforter de ma présence. D'après son message, elle s'inquiète à cause de Coralie, la « baby-sitter » qui semble s'être rapprochée de Jean. Elle a peur pour moi à l'idée que son père me remplace, et anticipe la tristesse dans laquelle je serai à mon retour. Elle craint d'en vouloir à son père et de ne pas pouvoir lui pardonner s'il ose faire une chose pareille. Son message est empli de bienveillance à mon égard, elle veut me protéger. Son rôle n'est pas de se tracasser pour moi. J'entends sa détresse. Je la rappelle sans hésitation. Elle décroche avant la deuxième sonnerie, son téléphone devait être dans ses mains, impatiente dans l'attente de mon appel. Elle ne me laisse pas parler et entre dans le vif du sujet, en me disant : « Ne t'inquiète pas maman, on a un plan ! ». Je m'empresse de la questionner sur leur plan, elle me répond : « Pense à toi, maman, on va se débarrasser de la menace. ». Je sens à sa voix qu'elle va déjà beaucoup mieux. Elle s'empresse de me souhaiter une : « bonne dernière semaine » avant de raccrocher. Je garde le téléphone dans la main, toute penaude, et reste sur ma faim. J'aimerais savoir de quels types de rapprochements elle parlait dans son message afin de mesurer l'ampleur de la « menace », comme elle dit. J'espère également ne pas avoir à trouver quelqu'un en urgence pour la dernière semaine…

Mais j'y pense, c'est demain qu'ils doivent partir en vacances ! Un fou rire incontrôlable me saisit. Adeline m'interroge du regard, étonnée.

– Imaginer la baby-sitter en vacances avec Jean, les enfants, Octavia et sa famille me fait rire.

– Il part avec la baby-sitter ! Tu n'as pas peur pour ton mari ? s'exclame Adeline, un peu trop fortement puisque les personnes de devant se retournent.

J'essaie de garder un ton détaché en lui répondant, même si elle ne fait que renforcer le questionnement qui s'est emparé de moi depuis quelques minutes.

– Peur de quoi ?

– Une jeune fille 24h/24 avec ton mari. Si sa sœur est là, il n'aurait pas pu se débrouiller seul avec les enfants ?

– Je ne vois pas comment il ferait avec les six enfants.

– Six ?

– Les nôtres et ceux de sa sœur. Lorsqu'elle est en vacances, elle ne s'occupe de rien.

– Elle aurait peut-être fait un effort pour une fois ! Son mari ne peut pas prendre le relais ?

– Je ne sais pas. Je ne crois pas qu'elle soit capable de gérer autant d'enfants. Et elle ne les confie jamais à Thomas. Pourquoi ? Bonne question !

Adeline soulève un point sur lequel je ne me suis jamais questionnée. *Pourquoi Octavia éloigne Thomas de l'éducation de leurs enfants ?* Il vaut mieux que je ne cherche pas à comprendre. Je suppose qu'elle le rabaisse suffisamment pour le voir incapable d'une telle mission.

En répondant à Adeline, les paroles de Jean prennent forme. Je comprends pourquoi il m'a révélé que sa sœur me jalousait. Ce n'est pas permis à tout le monde d'organiser des vacances, de gérer l'intendance sur place ainsi que six enfants. *Comment ai-je pu laisser faire ?* Une nouvelle fois, je me mets à rire.

– Cette fois, je ris de moi-même !

– Un peu de dérision ne fait pas de mal ! Mais pourquoi tu pleurais ?

La crainte que Jean puisse se tourner vers une autre femme me pince le cœur. J'essaie de me raccrocher aux bonnes nouvelles déchiffrées dans mon échange avec Louison. Mes enfants sont complices, soudés, et ils pensent à moi.

Je raconte en détail ma conversation avec Louison à Adeline, et lui livre mes préoccupations.

– Probablement un mélange entre la frayeur qui s'est emparée de mon cœur en entendant les paroles de Louison, un pincement dans ma poitrine en pensant aux miens, un sentiment de frustration lié à la distance… un trop plein d'émotions !

– Tu penses que ton mari serait capable de profiter de ton absence pour séduire une jeune fille ?

Elle paraît aussi étonnée que moi.

– J'ai toujours eu entièrement confiance en lui. Jamais je ne me suis posé la question, à savoir s'il pourrait me tromper un jour, la réponse était évidente pour moi. Mais, j'ai pris mes distances, et nous nous sommes éloignés…

Je reste perplexe. *Les enfants ont peut-être mal interprété les signes ? Que faire ?*

– Je suis certaine qu'il a une bonne explication pour s'être rapproché de cette Coralie. Avec une femme comme toi, il serait fou de mettre en péril votre couple.

– En partant, je lui ai fait comprendre qu'il y avait une éventualité pour que je ne revienne que pour récupérer mes affaires.

– S'il ne t'aimait pas, il ne t'aurait pas crié son amour depuis l'annonce de ton départ. Je suis persuadée que vous allez vous retrouver. C'est une évidence !

J'espère qu'Adeline a raison. En partant, je doutais de mes sentiments à son égard, de notre couple et de son avenir. Depuis que je chemine, je sais que notre mariage n'est pas arrivé à son dernier souffle. Il reste du potentiel à exploiter, une flamme à réchauffer. J'aime Jean et je l'ai toujours aimé. Notre amour a traversé une tempête. Elle s'est apaisée, et l'heure de la reconstruction a sonné.

– Je veux retrouver mon mari ! dis-je d'un ton assuré à Adeline.

– Et tu vas le garder !

– J'essaie de me tranquilliser en me disant que les hommes qui quittent leur épouse pour une femme beaucoup plus jeune ont besoin de se rassurer sur leur capacité à séduire ; qu'ils ont peur de vieillir ; que c'est une façon pour eux de garder leur jeunesse… Jean n'a pas peur de la roue qui tourne et assume parfaitement ses quarante-quatre ans.

Je me rassure comme je peux !

– Et si tu l'appelais ?

– Il part en vacances demain, il doit être au bureau avec un tas de dossiers à clôturer.

Adeline insiste.

– Justement, s'il est à son bureau, il sera plus libre pour répondre à tes questions sans les enfants et Coralie à écouter derrière lui.

J'hésite. Jean n'aime pas être importuné lorsqu'il travaille. Après tout, je serai fixée, et je ne passerai pas les sept prochains jours à m'inquiéter… J'appelle Jean.

Je m'attends à laisser un message en lui demandant de me rappeler au plus vite. Il me répond !

Jean m'indique qu'il est rentré depuis une bonne demi-heure. Face à cette révélation, l'angoisse monte. *Et s'il était rentré plus tôt pour passer plus de temps avec Coralie ?* Je refuse de me torturer l'esprit, et vais droit au but en lui demandant pourquoi il est déjà rentré. *Comment ça, il veut passer plus de temps à la maison ? Pourquoi veut-il être plus à la maison, si ce n'est pour être plus longtemps avec Coralie ?*

De son côté, Jean est tout aussi surpris que moi puisqu'il m'interroge sur la raison de mon appel. *Pourquoi je l'appelle ? Je n'ai pas le droit de prendre des nouvelles de la maison ?* Bon, d'accord... j'avais précisé que je n'appellerai personne, sauf en cas d'urgence. *Que répondre ?* Face à mon silence, il me demande s'il y a un problème. *Un problème ?* Oui, un énorme. *Tu es seul depuis trois semaines et tu cherches déjà à me remplacer par une femme qui n'est encore qu'une enfant !* Je m'abstiens de cette réponse amère et donne un faux prétexte : « J'ai fait une fausse manipulation en voulant écouter les messages ! » pour raccrocher au plus vite. Je ne lui laisse pas la possibilité de répondre et abrège la communication. À peine la conversation terminée, je m'effondre.

– Ne me dis pas que tes craintes sont fondées ?

Je fais un signe de tête à Adeline en guise de réponse.

Vingt-et-un ans partis en fumée en une fraction de seconde.

Nous sommes vendredi soir. Avec un peu de chance, il aura trouvé quelqu'un pour garder les enfants et pourra sortir en toute tranquillité avec Coralie.

Adeline m'enlace.

– Qu'a dit Jean pour te mettre dans un tel état ?

– Je pensais tout contrôler à distance. Encore une fois, je me suis focalisée sur les enfants.

– Je ne t'ai pas entendue lui poser de questions sur sa relation avec cette fille. Es-tu certaine d'avoir bien compris ?

– Il est rentré à 18 h 30. 18 h 30 ! Et il a osé me dire que c'était pour passer plus de temps à la maison. Traduction, plus de temps avec elle !

– C'est tout ?

– Il ne le fait jamais ! Même lorsque nous recevons les vendredis soir, je dois préciser : « pas avant 20 h » afin qu'il puisse se doucher et se changer avant l'arrivée des invités.

– Ils partent en vacances demain, il a peut-être voulu rentrer plus tôt pour se reposer ou pour préparer les valises ; ou alors, il veut réellement passer plus de temps avec ses enfants.

Mes larmes se tarissent d'un coup. Je dévisage Adeline qui ne comprend visiblement pas la gravité de la situation.

– D'habitude, il reste tardivement à son bureau pour ne rien laisser en attente avant de partir. C'est même moi qui lui prépare sa valise !

– Tu n'es pas là pour l'assister, il a peut-être voulu anticiper.

– Arrête de lui chercher des excuses.

117

– Tes enfants pensent qu'il y a danger. Ils te transmettent probablement une vision altérée de la situation. Si Louison ne t'avait pas appelée, tu ne serais pas en train de te laminer l'esprit, d'autant plus que vous n'avez rien de concret. Tu as fait du chemin, tu es en train de te transformer, peut-être que de son côté, il en est de même…

– Merci de ton soutien, dis-je à Adeline en l'enlaçant.

Adeline a probablement raison. *Et si Jean était en train de faire des efforts ? Pour moi ? Pour les enfants ?* Pour lui, j'espère. Je ne sais plus quoi penser.

Le bus se gare, nous sommes de retour à notre point de départ, le Puy-en-Velay.

Le dîner se déroule dans le calme. Je tente tant bien que mal d'alimenter la conversation par onomatopées… et laisse Adeline parler. J'essaie de concentrer mon esprit sur ses paroles. Mes pensées naviguent entre ici et ailleurs. Je réfléchis aux enfants, à Jean, à mon couple qui n'en sera peut-être bientôt plus un. L'envie d'appeler Louison pour lui demander ce qu'est en train de faire son père me torture l'esprit. Je résiste. Je ne veux pas inquiéter les enfants ni leur laisser imaginer que je suis anxieuse. Je ne dois pas les mêler à nos problèmes de couple, ce n'est qu'entre Jean et moi. Je me dois d'être forte pour que les enfants se sentent en sécurité quoi qu'il arrive.

Dès le repas terminé, je prends congé auprès d'Adeline. En me remémorant mon cheminement, la nostalgie de ce périple me taraude. J'ai toujours été accueillie chaleureusement sur mes lieux de couchage, les rencontres avec les autres pèlerins étaient bienveillantes et entrainantes. Le chemin est plein d'amour, de respect, de partage, d'aide…

Grâce à ces journées à pouvoir me centrer sur moi, je me sens plus forte, plus libre, même si des doutes subsistent quant à mon couple. Tout ce remue-méninges me bouleverse, mes émotions me dépassent. Ce pèlerinage est une vraie thérapie qui me pousse à me surpasser physiquement et psychologiquement.

À peine le temps de passer dans la salle d'eau que je m'empresse de me glisser sous la couette en espérant trouver rapidement le sommeil pour ne plus avoir à cogiter trop longtemps. Les larmes arrivent…

Chapitre 6

Samedi. Le lever est difficile après une nuit ponctuée de réveils nocturnes, de cauchemars et de tergiversations. Je décide de laisser mes tracas dans les profondeurs de la nuit. Aujourd'hui est un nouveau jour. Aujourd'hui, ma famille et moi partons chacun de notre côté. Les enfants et Jean partent en vacances avec ma belle-sœur et sa famille ; je pars pour un court séjour en thalasso avec Adeline que j'ai convaincue de m'accompagner. J'espère qu'ils passeront un bon moment. Je ne vais plus m'inquiéter au sujet de Coralie, je ne veux pas perdre le bénéfice de ma démarche. Je remets à plus tard mes angoisses puisqu'il ne me reste qu'une semaine avant le bilan. Peu importe comment est cette fille, Jean a la tête sur les épaules, il ne nous abandonnera pas sur un coup de cœur irréfléchi. Je lui fais confiance pour faire preuve de discernement, et même s'il est tenté, je pourrais lui pardonner. Après tout, c'est moi qui me suis éloignée, qui l'ai rejeté et qui suis partie. Je suis consciente de ne pas avoir été facile ces dernières semaines. Lui aussi a besoin de souffler, de se ressourcer et de savoir qu'il peut encore plaire. Je vais faire confiance à ma bonne étoile ainsi qu'à celle de Jean. Elles nous réuniront si c'est notre destin.

Je jette un œil à mon téléphone. Rien. Je l'éteins aussitôt en prenant la ferme décision de ne le rallumer que ce soir.

Direction les thermes pour une mini-cure sur le thème nature de quatre jours avec au programme vingt-quatre soins : bains hydromassants, cataplasmes d'argile, modelage, sophrologie, taï chi en forêt, marche méditative, et bien sûr accès à la salle de fitness, au sauna, au hammam et au bain à vapeur en illimité. Un programme alléchant que j'ai hâte de découvrir.

Adeline et moi avons décidé de covoiturer, ce sera donc moi qui l'emmènerai. Nous descendons pour remonter, je n'aurai quasiment pas de détour à faire pour la déposer à sa voiture après notre prochaine destination.

Durant le trajet, Adeline me raconte ses anecdotes avec les hommes. Elle est très jolie avec ses pommettes saillantes, ses lèvres toujours prêtes à sourire, ses yeux bleu foncé et étincelants, sans parler de sa superbe silhouette avec des formes généreuses. Pas étonnant qu'elle les attire !

– Je te souhaite de trouver un homme qui saura regarder l'âme à travers tes yeux avant de s'attarder sur ton apparence.

– Je ne sais pas si je trouverais ce genre d'homme un jour. Une chose est certaine, je ne vais pas chercher à le rencontrer.

– L'amour frappe lorsqu'on ne s'y attend pas.

– On verra, dit-elle d'un air dubitatif.

Je n'insiste pas. Elle ne veut plus laisser les hommes s'approcher d'elle, ce que je comprends avec ce que son patron lui a fait subir, tout comme ses derniers petits amis, entre les infidélités, les ruptures parce qu'ils ont trouvé ailleurs, l'homme marié qui cherche juste un passe-temps. Elle est jeune, mais son vécu et ses déceptions se ressentent dans son discours. Toutefois, je ne comprends toujours pas pourquoi elle ne porte pas plainte contre son ancien patron. Six années à se faire harceler, quel courage !

– Je te trouve trop gentille avec un homme en particulier.

– Lequel ?

– Ton dernier employeur. Grâce à toi, il peut continuer de rentrer chez lui tranquillement, auprès de sa femme et de ses enfants, jouer un jeu auquel il est peut-être habitué, et il recommencera en toute impunité.

– Ne le juge pas aussi durement.

– C'est bien toi qui m'as dit avoir démissionné à cause de son insistance.

– Je me suis emballée.

– Emballée ! Pourtant, les faits sont là !

Adeline hésite. Elle baisse la tête.

– Je le comprends mieux depuis que j'ai fait l'introspection de moi-même. Tu m'as aidée à ouvrir les yeux.

– Je ne suis pas certaine de te suivre.

– Il n'a pas toujours été le goujat que je t'ai décrit. J'ai exagéré sur la durée et sur son insistance. En réalité, il a changé petit à petit, au fil du temps.

Elle se mordille les lèvres. Je la découvre « girouette » face à ce patron. Tantôt, elle lui en veut ; tantôt, elle le plaint et compatit. *Qui est-il réellement pour elle ?*

– Est-ce que tu as été sa maîtresse ? dis-je doucement pour ne pas l'offenser.

Cela expliquerait la complexité de leur relation.

– Qu'est-ce qui te fait dire ça ?

– Tu es plutôt lunatique dans le regard que tu lui portes depuis que je te connais.

– Disons que c'était un homme que j'admirais beaucoup. J'aimais échanger et travailler avec lui. Il était très professionnel, rigoureux, juste et reconnaissant envers ses salariés.

Adeline fait une pause et détourne la tête avant de poursuivre.

– Je le considérais comme une force tranquille. Sa présence était réconfortante. Si je lui en ai autant voulu, c'est parce que je voyais à travers lui l'homme idéal, celui qui me réconciliait avec la gent masculine, celui qui me donnait espoir qu'un homme pouvait être un mari aimant et respectueux, un père attentionné. Il parlait de sa famille avec tellement de fierté, d'amour qu'il me donnait l'envie d'en fonder une. Jamais, je n'ai souhaité prendre la place de sa femme qu'il me décrivait comme étant une femme bien au-dessus de toutes les autres. Sans la connaître, je l'admirais elle aussi. Il me la décrivait comme une femme à la fois douce et forte, capable de relever n'importe quel défi, et surtout qui, à elle seule, portait toute une famille.

Je la suis de plus en plus difficilement. D'après ce qu'elle m'expose, cela ne fait donc pas six années qu'il lui fait des avances. *Comment un homme aussi attaché à sa famille en est venu à vouloir risquer de tout perdre ?*

– À quel moment les choses ont changé entre vous ?

– Il n'y a pas si longtemps que ça, dit-elle tristement, en regardant au loin.

J'hésite entre insister pour élucider le mystère de cette relation ou la laisser me donner les informations au compte-goutte.

– Je crois que plus on apprécie quelqu'un, plus on lui en veut le jour où il nous déçoit.

Je lui tends une perche qu'elle ne saisit pas. Elle reste silencieuse, j'en fais autant.

Ce silence me plonge dans mes pensées. Je ne peux m'empêcher de sourire en imaginant la réaction des enfants si Adeline était leur baby-sitter. *Est-ce qu'ils la verraient comme une menace ? Serait-elle trop gentille pour leur paraître honnête ? Trop jolie pour ne pas craindre que leur père succombe à son charme ? Trop attentionnée à leur égard pour ne pas vouloir me remplacer à leurs yeux ?* Je suppose que Coralie doit être un condensé de toutes les qualités d'Adeline pour leur apparaître si dangereuse. Finalement, je n'ai ni doutes ni craintes à avoir, ce n'est qu'une perception erronée qu'ils se font de cette jeune fille. Du moins, je l'espère...

Début de notre détente complète... Jets hydromassants à forte pression. La force de l'eau me fait tout oublier. Mon corps est poussé, fouetté ; léger et détendu. J'ai l'impression de flotter dans les airs. Un pur moment de bonheur, aussi bien pour le corps que pour l'esprit.

Dix minutes d'oubli. Pas besoin de paroles, un regard suffit, nous savons ce que l'autre ressent.

Nous poursuivons au hammam avant d'aller boire une tisane. Nous en profitons pour contempler le décor de ces thermes au style néo-byzantin classés aux monuments historiques.

Direction une petite séance de sophrologie, de quoi se relaxer et évacuer les dernières tensions. J'espère juste ne pas m'endormir, car je suis dans un état de semi-somnolence semi-permanente entre le modelage du dos sur un matelas chauffant, les bains relaxants et les bains à remous. Je me laisse porter, je suis le mouvement, je me sens plus légère qu'une plume.

Nous passons nos journées en maillot de bain et peignoir. Je ne me nourris quasiment que de salades, la relaxation et le bien-être me sustentent.

Troisième jour. Il débute par une marche méditative en forêt. Quatre-vingt-dix minutes de marche dans le but de nous ressourcer. Elle aurait les vertus de faire baisser la pression sanguine et la fréquence cardiaque, ce qui permettrait la diminution du stress.

Une réhabilitation à la vie extérieure. Un réveil de mon âme nécessaire pour ma renaissance.

La renaissance de la femme égarée.

La renaissance de la jeune fille oubliée.

Avec Adeline, nous n'avons jamais été si peu bavardes depuis ce séjour.

Chacune puise les ressources nécessaires à son bien-être.

Chacune se détend corps et âme.

Chacune oublie les tracas du passé, et ouvre une nouvelle page blanche.

Dernier jour dans ces thermes. Nous comptons en profiter jusqu'au bout. C'est également le dernier jour que nous passons ensemble. Ce soir, je serai de retour aux sources, dans la maison de mon enfance, chez mes parents.

Toute la matinée ainsi que le début d'après-midi, nous enchainons les soins. Dix minutes dans le hammam, dix minutes de lit massant, jets hydromassants, fitness... Nous profitons de chaque moment avec intensité afin de les graver dans nos mémoires. Pas un instant de libre, nous retournons là où nous sommes déjà allées plusieurs fois.

16 heures sonnent lorsque nous chargeons la voiture. Plus que quelques kilomètres avant de nous dire au revoir avec Adeline. Pour le moment, c'est avec nostalgie que je quitte ce lieu magique qui m'a fait oublier que j'avais un corps endolori ayant marché des heures entières et emmagasiné tant de stress auparavant. Ce périple est

quasiment terminé. Je ne ressens plus aucune tension dans mon être aussi bien physiquement que psychiquement.

Petit arrêt au Puy-en-Velay afin qu'Adeline puisse récupérer sa voiture. J'essuie discrètement une larme qui déborde au moment de se dire au revoir. Je vois Adeline en faire autant. Jamais je n'aurais imaginé m'attacher autant à elle et que cette aventure donnerait naissance à une si belle amitié. Nous avons ouvert nos cœurs, nous nous sommes mises à nu pour oser nous livrer à l'autre, sans parler des moments forts que nous avons partagés et du soutien que l'une représentait pour l'autre et inversement. J'ai l'impression de la connaître depuis toujours. Elle me manque déjà !

Des promesses de retrouvailles rapides, et une dernière accolade avant de remonter dans ma voiture. Je la serre fortement, mes bras ont du mal à la lâcher. Je ressens son étreinte se resserrer lorsque mes bras commencent à se détendre.

– Je ne t'imaginais pas comme ça, me dit-elle avec un grand sourire complice.

– Tu me voyais comment ?

– Trop parfaite. Ennuyeuse. Je suis ravie de m'être trompée !

– Ennuyeuse !

Cet aveu est déroutant, d'autant plus que les échanges par mails que nous avions eus au moment de préparer le pèlerinage me paraissaient agréables. Pour être franche avec moi-même, je voulais la compagnie d'une femme pour ne pas marcher seule. Je ne m'étais pas posé la question de savoir comment elle serait.

– Tu es une femme fantastique qui mérite d'être heureuse.

Elle me regarde tristement. Un regard chargé en émotions qui me pousse à essuyer une nouvelle larme au coin de mon œil gauche. Je ne m'attarde pas, et ne cherche pas à comprendre pourquoi elle avait des appréhensions me concernant, nous aurons l'occasion de nous revoir…

Je remonte dans ma voiture avec un dernier signe de la main. Je vois Adeline avancer vers la sienne, puis se raviser et me regarder quitter mon stationnement. Elle paraît encore plus attristée et confuse, comme si elle voulait me montrer sa désolation. *Désolation de quoi ?* C'est probablement la fin de ce voyage qui la rend si sombre… Une telle expérience resserre les liens.

Chapitre 7

À peine ai-je parcouru quelques kilomètres que je ne pense plus à Adeline, mais à mes parents qui me manquent cruellement. *Comment ai-je pu laisser les événements m'éloigner d'eux à ce point ?* J'étais trop prise dans mon quotidien, centrée sur moi, pour relever la tête et voir l'essentiel, le manque des gens que j'aime. Je ne me suis pas seulement éloignée de mes parents, mes amies me sont devenues plus distantes. Ce ne sont pas elles qui ont pris leurs distances, c'est moi qui me suis détournée petit à petit. Au fil du temps, j'avais l'impression de ne pas être comprise. *Comment l'être en se cachant derrière une belle façade ?* Je les voyais heureuses et insouciantes pendant que je me torturais l'esprit. Je ressentais une sorte de décalage ; le reflet de mon incompréhension à ne pas réussir à mettre de mots sur ce que j'éprouvais. Maintenant que je me suis rencontrée, je veux retrouver ma famille, mes amies, les gens qui me sont précieux pour avancer. Je vais les recontacter au plus vite. Je suis enfin prête à me dévoiler et à expliquer les raisons de ma mise à l'écart. Je sais que tous comprendront… et me pardonneront.

Durant les quatre heures de trajet, mes pensées vagabondent entre ce que je souhaite à mon retour et mes souvenirs d'enfance.

Lorsque la saison des châtaignes ou des champignons arrivait, mes parents et moi enfilions notre tenue de camouflage et passions un après-midi dans la forêt. Je me revois avec un vieux manteau, des bottes en caoutchouc et un panier d'osier à la main en train de sillonner la forêt avec eux. J'entends le crissement des feuilles mortes sous mes pas, les brindilles d'arbres craquer, le bruit d'un oiseau s'envolant à notre approche. J'ai l'impression de sentir l'odeur des bois, de la nature, des champignons.

Je me souviens également qu'au printemps, nous ressortions les boîtes de camembert emplies de graines des légumes de la saison passée, gardées bien au chaud dans le garage. Nous commencions par mélanger de la terre et du terreau dans une brouette, puis nous disposions ce mélange dans des petits godets en plastique avant d'y introduire deux à trois graines, et enfin de recouvrir à nouveau de terre et d'arroser. Les godets étaient ensuite classés en fonction des graines qu'ils contenaient, disposés de part et d'autre de la serre. Nous inscrivions sur des ardoises le nom de chaque légume, en bout d'étagère, à l'aide de craies de toutes les couleurs. J'adorais m'occuper de leur arrosage le temps que les graines germent, puis sortent de terre. Dès que la terre se soulevait, je guettais, parfois plusieurs fois par jour, jusqu'à ce que la naissance de la plante se produise. Quelle joie de découvrir ces jeunes pousses un peu plus grandes chaque jour ! Quand les plants étaient suffisamment forts, ils pouvaient être plantés en pleine terre dans le jardin, et encore une fois, c'est à trois que nous faisions cette activité. Ces moments étaient toujours source de bonne humeur. Rien que le fait d'être ensemble nous emplissait de bonheur.

Jamais, je n'ai été jugée par mes parents. Ils me mettaient en garde, souvent sous forme de questionnements avant de me laisser faire des erreurs pour me permettre d'apprendre à travers celles-ci. Ils étaient toujours là pour me réconforter, m'écouter, me conseiller. Mes parents étaient un soutien, un pilier lorsque je traversais des moments plus difficiles. Comme lorsque je me suis fait harceler par une certaine Mélanie en 5ème pour que je lui donne les réponses aux devoirs. J'avais accepté une fois, elle me faisait du chantage pour que je poursuive. Dieu merci, mes parents ont très bien géré la situation en contactant le principal.

Même lorsque je leur ai annoncé que j'allais démissionner pour me consacrer à mes jumeaux, ils n'ont pas essayé de m'en dissuader. Ils se sont contentés de me dire que si je pensais être heureuse dans ce mode de vie, ils seraient heureux pour moi. Je me souviens plus particulièrement des paroles de ma mère : « Surtout, pense encore à toi. Tu es jeune, ne l'oublie pas ! ». Aujourd'hui, ses paroles font écho dans ma tête. Ma mère avait vu juste, je me suis oubliée. Les erreurs sont là pour aider à avancer, et c'est exactement ce que je suis en train de faire en ce moment. Mes parents savent que je viens passer trois jours chez eux pour me ressourcer, seule, mais ils n'en connaissent pas les motivations. Ils me donneront des conseils, même si ce n'est que sous forme de recommandations ou de questions comme ils savent si bien le faire. Je prendrai le temps d'analyser le message qu'ils voudront me transmettre par le biais de leurs remarques afin de ne pas refaire deux fois les mêmes erreurs. Si je ne le comprends pas, je leur poserais directement la question, plutôt que de garder leurs petites phrases bien au chaud dans un coin de ma tête jusqu'à ce que je constate à quel point ils avaient raison.

20 h 40. Je suis enfin arrivée. Neige, la chienne de mes parents, se met à aboyer tout en remuant la queue. Mes parents viennent à ma rencontre tout sourire.

Je sors à la hâte de l'habitacle pour les serrer l'un après l'autre dans mes bras.

– Vous m'avez tellement manqué ! dis-je d'une voix pleine d'enthousiasme et d'émoi.

Les banalités échangées, nous nous dirigeons vers la maison.

En entrant, je me sens tout de suite à l'aise, comme si je n'avais jamais quitté cet endroit. Un endroit si chaleureux ! Ses murs en pierre, ses couleurs chaudes, ses meubles en bois massif, ses plantes… Tout regorge de douceur.

– Merci maman !

– De quoi ?

– Mes papilles sont en ébullition.

Je reconnais l'odeur du poulet basquaise, mon plat préféré !

– Qu'est-ce que je ne ferais pas pour toi ! dit ma mère en me déposant un baiser dans les cheveux.

– Tu es resplendissante.

– Merci papa. En effet, j'ai fait ce que j'aurais dû faire depuis longtemps. Aller à la rencontre de soi fait un bien fou !

Je raconte mon périple à mes parents durant tout le dîner. Ils ne perdent pas une miette de ma narration et m'écoutent avec attention. Ils ont à peine le temps de me poser quelques questions. Je parle, je parle… Je veux tout leur raconter dans les moindres détails. À travers mon récit, je les entraîne dans mon expérience.

– Et Jean, comment le vit-il ?

– Je ne lui ai pas laissé le choix.

Pour le moment, je me suis contentée de leur décrire mon voyage, en omettant le principal, la raison de cette démarche !

Je me lance dans un nouveau monologue afin de faire un compte-rendu à mes parents des événements qui m'ont poussée à vouloir aller à la découverte de la femme qui sommeillait en moi. Je leur explique mois après mois, tâches accomplies à contrecœur, ressentiments, crise existentielle. Tout, y compris les doutes que j'avais quant à mes sentiments pour Jean et à l'avenir de notre couple.

Mes parents m'écoutent attentivement. Je sais que j'aurais dû leur en parler avant, j'étais honteuse de ne pas être heureuse avec une vie en apparence parfaite. Je me trouvais ingrate d'oser prétendre que je ne supportais plus cette vie. *Qui n'aimerait pas avoir un mari aimant et qui gagne suffisamment bien sa vie pour me permettre de me consacrer à l'éducation des enfants ; des enfants adorables et en bonne santé ; une grande et belle maison ainsi que tout le confort nécessaire ; des week-ends bien remplis... ?* J'apprécie tout ça, mais j'ai besoin d'autre chose. J'ai besoin de savoir ce que je souhaite réellement, et qui je cache en mon for intérieur.

Dorénavant, je sais quelle direction prendre. Je peux rassurer mes parents afin qu'ils ne se fassent pas trop de soucis pour moi. Ce n'étaient que des tribulations à l'aube d'un changement de dizaine. Une crise identitaire passagère.

– Ma chérie, tu aurais dû nous en parler plus tôt.

Ma mère vient m'enlacer.

– Je suppose que je n'étais pas prête à reconnaître que j'avais un problème, d'autant plus qu'il m'a fallu des mois pour l'identifier. Mois après mois, les messages s'enchaînaient. Je ne comprenais pas d'où venait cette succession d'événements indésirables. Aujourd'hui, je sais que si je n'avais pas réagi, je ne serais pas en paix avec moi-même. J'avais besoin d'accepter l'idée de prendre du temps pour moi afin de m'ouvrir aux autres.

– Bravo ma fille. En identifiant tes besoins, tu as fait le plus difficile du chemin.

Mon père vient à son tour me serrer dans ses bras.

– Je suis certain que lorsque tu rentreras, tu trouveras du changement. En évoluant, tu montres l'exemple. Je suis persuadé qu'ils sont déjà tous en train d'en faire autant de leur côté.

– Possible.

– C'est évident ! Vous êtes une famille soudée, comme la nôtre.

– J'espère que tu as raison papa, car ces derniers temps je ne trouvais plus ma place au sein de cette famille « soudée ».

– Fais-leur confiance. Ton mari et tes enfants t'aiment.

Comme toujours, mes parents sont optimistes. Ils sont persuadés que toute cette agitation mentale fut constructive et nécessaire pour notre évolution à tous. Je me sens rassurée et confiante. Ils n'ont pas cherché à me pousser à me questionner en me faisant telle ou telle remarque, ce qui est signe qu'ils n'y voient que du positif. Mes parents croient en ma démarche et en sa réussite. Leur regard objectif et neutre me conforte dans mes choix.

23 h 45. C'est en toute sérénité que je vais me coucher. Cette conversation à cœur ouvert m'a vidée.

Réveil vers 9 h. Nuit complète. À mon lever, je me sens débordante d'énergie et d'humeur joyeuse. Je me presse de retrouver mes parents qui s'activent en cuisine ou plutôt qui tournent en rond. Ils me donnent l'impression de se disperser. Ils sont retraités depuis peu, ils ont encore du mal à savoir comment organiser leurs journées. Depuis qu'ils ne travaillent plus, ils ne cessent de faire des travaux dans la maison : peinture, tapisserie, transformation de la baignoire en bac à douche, changement du portail de l'entrée... Ils n'arrêtent pas ! Mais d'après la conversation que je viens de surprendre, ce qui les intéresse à l'heure actuelle, c'est de savoir où ils partiront en juin. C'est agréable de les voir complices. Même après quarante-deux années de mariage, leur amour est intact. D'ailleurs, je ne les ai jamais vus se disputer ou mal se parler ne serait-ce qu'une seule fois. Lorsqu'ils ne sont pas d'accord, c'est à coup d'argumentation qu'ils règlent le désaccord et, bien souvent, cela finit en taquinerie. De vrais modèles ! *Peut-être qu'en cherchant à vouloir en faire toujours plus, je cherchais à leur ressembler ?* Je voulais qu'ils soient fiers de leur fille unique, que mes enfants aient le même exemple que j'ai eu sous les yeux en faisant de mon couple la réplique de celui de mes parents.

Dorénavant, je sais et j'accepte que je ne serai jamais comme eux. Le couple que je forme avec Jean ne sera jamais le même que celui de mes parents. Différent ne veut pas dire moins bien. Bien au contraire, Jean et moi étions heureux, comblés sous tous les angles. Il n'y a que depuis quelques mois que nous avançons dans le brouillard. Bientôt, ce ne sera plus qu'un lointain souvenir, nous serons prêts à reconstruire ou à construire un nouveau nid...

Nous passons l'après-midi à nous balader à travers la campagne du Sud de la Touraine. Je me suis habituée à ma ville, Amboise, mais j'avoue que le Sud de la Touraine est de loin la région du département que je préfère. Les petits coins sauvages, la nature préservée, des champs à perte de vue... J'adore !

Mes parents ont gardé leurs habitudes. Nous restons une bonne partie de la journée du vendredi dans le jardin. En faisant les gestes de mon enfance, puis ceux de mon adolescence, je me sens redevenir la petite fille pétillante que j'étais.

En fin d'après-midi, le besoin de monter dans ma chambre se fait ressentir. Je sors la caisse en bois de sous mon lit, restée là où je l'avais rangée avant de quitter le cocon familial. Je m'empresse de la descendre au rez-de-chaussée, et éparpille son contenu sur la table du séjour sous les yeux ébahis de mes parents. Peintures, crayons, fusains, pinceaux, tout y est. Je retrouve des ébauches de croquis, de toiles commencées et inachevées.

Je cours sous le tilleul en fleurs avec mon chevalet récupéré au passage dans le garage, une toile et le nécessaire pour peindre sous le bras. Dans ma précipitation, je laisse tomber des tubes de gouache, ce qui me pousse à faire marche arrière. Un fou rire me prend. Ce rire nerveux, spontané, qui me pousse à la dérision.

– Je deviens complètement folle ! dis-je à mes parents, restés sur la terrasse, à me regarder m'agiter dans tous les sens.

Ils ne disent rien et se contentent de sourire. Ils me laissent seule face à cette toile blanche que je suis en train d'installer malgré ce fou rire qui peine à disparaître. L'euphorie du moment me gagne !

Je commence par prendre un crayon de papier, et laisse mon poignet me guider. Ma créativité s'exprime. Je dessine, la minute d'après je peins. Je commence un croquis, puis en débute un autre. Il n'y a pas de suite logique ni de cohérence dans ce que je fais. Peu importe, je ne réfléchis pas, je dessine, gribouille, étale de la peinture, noircis du papier. Je ne pense à rien, une force invisible m'anime. Je suis comme possédée. J'ai besoin de m'extérioriser encore et encore. Mon poignet gesticule de gauche à droite, de haut en bas, je le laisse faire. Il met en images mes émotions, mes sentiments, mes ressentiments, mes projets. Je retrouve le bien-être que j'éprouvais lorsque je peignais. Peindre était mon échappatoire, ma façon de m'exprimer. Cela me permettait de libérer mon âme créatrice. Cette créativité enfouie étouffait. Elle crie, elle hurle sa joie à travers ce poignet qui commence à fatiguer à force de s'activer dans tous les sens.

Je me libère une bonne fois pour toutes de mes angoisses et mes doutes ; des non-dits ; des corvées accomplies à contre-cœur ; de mon insatisfaction. Je me mets à nu et me vide de mes erreurs du passé en les figeant sur ces toiles, sur ces feuilles de papier qui s'enchaînent. J'évacue le stress, l'apitoiement, la négativité. J'évacue encore et encore. Je me sens libre.

Libre d'être heureuse.

Libre de devenir une nouvelle épouse, une nouvelle maman, une nouvelle femme.

Libre d'être moi !

Après deux heures d'acharnement, je fais une pause, mon poignet me l'impose !

Je m'assieds en tailleur à même le sol, et prends le temps d'observer les dessins. Il y a des paysages concrets, de l'abstrait. Aucun style en particulier. Je reconnais la maison où je me trouve en ce moment, ce tilleul qui était mon endroit de prédilection pour m'exprimer à travers mon art, mes parents, ma famille et celle de Jean, Adeline ; je perçois des missions en pagailles...

J'y interprète le manque de mes parents, l'étouffement par ma belle-famille, Jean et notre éloignement lié au manque de communication de ces derniers temps, les enfants et leurs demandes incessantes.

J'y interprète un tunnel, un chemin, une lumière.

J'y interprète des rires, des joies, des pleurs, des retrouvailles.

Je m'y vois abattue, épaules affaissées, écrasée par le poids des responsabilités, en surcharge de travail, en épuisement mental, triste, seule, dans le néant.

Je m'y vois perplexe, interrogative, battante.

Je m'y vois radieuse, tête relevée et dos droit allant de l'avant.

Incroyable tout ce que je peux lire à travers ces ébauches, elles sont le reflet de mon âme !

Dimanche. 10 h 33.

Je salue mes parents en leur promettant de revenir rapidement avec leurs petits-enfants. Ils me proposent de venir garder les enfants de temps en temps afin que nous puissions nous octroyer des moments en tête-à-tête avec Jean. Je vais sérieusement réfléchir à leur proposition !

Durant le trajet qui me ramène vers tout ce qui m'a poussée à prendre mon véritable envol, je m'efforce de ne

143

penser qu'à des choses positives. Confiante, malgré une minime pointe d'inquiétude liée à Coralie, je m'apprête à retrouver mes amours.

Chapitre 8

En ouvrant la porte d'entrée, pas un bruit ne se fait entendre. Tout me paraît bien rangé. Je m'avance lentement. Tous surgissent du couloir et se jettent sur moi en me souhaitant : « Bienvenue maman ! ». J'aperçois Jean derrière les enfants. Il me sourit timidement. Je le trouve superbe avec son pantalon marron clair, son polo bleu pâle surmonté d'un pull bleu marine. Quelle élégance ! Ses petites fossettes se creusent et ses yeux se mettent à briller. Je fonds ! Il arrive enfin à ma hauteur, et pose sa main droite aux creux de mes reins en me déposant un baiser tendre sur la joue gauche. Sa main me brûle le dos ; son baiser m'effleure la peau et me fait frissonner. Nous nous dévisageons à la dérobée. À mon tour, je me presse contre lui pour lui déposer un baiser chaste sur la joue gauche en lui décrochant un énorme sourire. Mon Dieu qu'il est beau !

Les enfants ne me laissent pas m'approprier les sensations que je ressens en découvrant Jean, ils m'entraînent dans le salon. Je regarde par-dessus mon épaule, Jean nous suit, silencieux. Les enfants s'installent sur les deux canapés du salon ; Jean et moi prenons chacun un fauteuil.

Les enfants veulent tout savoir. Ils me demandent de leur raconter mon périple ; ce que j'ai fait dans les détails... Pour le moment, j'ai surtout envie d'être avec eux et qu'ils me fassent partager leurs expériences. Savoir comment ils ont vécu cet éloignement est ce qui m'importe. Chacun raconte ses petites anecdotes ; chacun s'écoute, nous rions tous ensemble. Les enfants ne se coupent pas la parole, ne s'impatientent pas parce que l'autre monopolise la conversation ou parce qu'il dit exactement ce qu'elle souhaitait évoquer. Cette nouvelle entente en est presque déconcertante. Ils sont pleins de ressources ! Je les contemple un à un, ils ont tous mûri, grandi. *Je découvre un nouveau foyer ou bien est-ce moi qui ne les voyais plus tels qu'ils étaient ?* La joie règne dans ce salon !

Après une heure trente d'échanges riches en rires, nous passons à table. Jean a cuisiné de l'entrée au dessert. C'est bien la première fois qu'il pâtisse ! Les filles me confient discrètement l'avoir aidé pour le brownie et la glace vanille faite maison, il était un peu perdu dans les recettes !

Nous avions tous besoin de faire une parenthèse dans notre quotidien pour avancer. Je remarque que nous en sommes tous sortis transformés, et j'ai l'impression que ce n'est que le début...

Je ne suis pas indispensable dans cette maison. Je les ai étouffés en les surprotégeant, en anticipant leurs besoins, en leur donnant toute mon énergie. Me plier en quatre en pensant que c'était ce que l'on attendait de moi n'était bon pour personne. En un mois, ils ont plus progressé qu'en une année entière ! Nous nous sommes tous fait violence pour accepter la situation, pour nous dépasser et puiser les ressources en nous. J'ai hâte de découvrir les nouvelles facettes de chacun.

Une fois le déjeuner terminé, Jean propose une balade à vélo. Encore une fois, belle surprise ! Les enfants ne se disputent pas pour savoir qui sera devant, qui décidera de la destination, qui donnera le rythme. Les chamailleries sont remplacées par : « Ralentis, tu vas trop vite », « Et si on allait à gauche ? » ... Pas une seule fois, je n'ai entendu : « C'est toujours toi qui passes devant ! », « Je refuse d'y aller si je suis derrière », « C'est toujours elle qui décide de tout ! ». Ils se mettent d'accord sans mon intervention, un pur moment de bonheur en famille. Ces retrouvailles me plaisent beaucoup ! Rien n'aurait pu me faire plus plaisir que de voir mes enfants aussi heureux ; heureux d'être ensemble et complices.

Jean est le plus discret. Par moments, on se regarde, on se sourit timidement, on s'apprivoise. Quelques rapprochements, quelques effleurements, pas d'effusions. J'ai envie de m'approcher de lui, je m'abstiens. Je préfère prendre le temps de le redécouvrir en le séduisant en douceur. Je veux retrouver l'homme de qui je suis tombée amoureuse il y a vingt-et-un ans.

Nous finissons cette journée autour d'un jeu de société que j'adore ! Nous enchaînons trois parties de suite avant que la fatigue ne commence à se faire sentir. Les enfants rejoignent leur chambre, à contrecœur. Pour moi, c'est l'occasion de prendre un petit moment individuel avec chacun d'eux.

Je commence par Valentin, qui est toujours le premier à regagner sa chambre après un bref passage dans la salle de bain pour un brossage rapide des dents. Les filles se brossent les cheveux, se regardent longuement dans le miroir, discutent… avant de rejoindre leur chambre.

Valentin ne s'embarrasse pas des détails. Il va à l'essentiel lorsque je lui demande comment il a vécu mon absence.

– Je pensais que ce serait compliqué et ennuyeux, mais la semaine dernière était excellente !

– Super, vous avez passé de bonnes vacances alors ?

– Papa et Octavia, enfin surtout Octavia, ont voulu que la nounou vienne avec nous pour s'occuper des enfants et de la cuisine. Il ne lui est arrivé que des malheurs !

Je ne peux m'empêcher de sourire en pensant à tout ce qu'Octavia a dû exiger, d'autant plus que la jeunesse de Coralie devait la rendre vulnérable, ce qui a probablement poussé Octavia à dépasser les limites de l'acceptable.

– C'est avec ta tante qu'il lui est arrivé des mésaventures ?

– Tata ! Non, pourquoi ?

– Que s'est-il passé ?

– Coralie était super belle, toujours bien habillée et maquillée avec classe. On aurait dit toi en plus jeune ! Papa devait vraiment la trouver à son goût, car il n'a pas travaillé le dernier mercredi d'avant les vacances, soi-disant pour passer plus de temps avec nous. Avec une fille aussi canon que Coralie, pas étonnant qu'il n'ait pas eu la tête à travailler ! Ne t'inquiète pas, comme tu n'étais pas là pour surveiller papa, avec les filles, on s'est occupé de tout.

Je ne sais pas si je dois en rire ou en pleurer. Traduction, d'après mon fils, je ne suis plus aussi attrayante qu'une jeune fille, et je devrais surveiller mon mari.

– J'espère que vous n'avez pas été trop durs avec elle.

– Juste ce qu'il faut pour la dégoûter d'avoir envie de nous revoir.

– C'est-à-dire ?

– Le plan était simple : en ne supportant pas les enfants de papa, elle ne pourrait pas avoir envie de s'attacher à lui. Il fallait donc qu'elle nous voie comme des enfants intenables pour garder ses distances avec lui.

Quelle logique !

– Même sans votre intervention, je suis certaine que votre père n'aurait pas succombé à la tentation.

– Comment tu expliques qu'il rentrait plus tôt, qu'il ne s'enfermait plus dans son bureau après le dîner, qu'il discutait avec nous et Coralie ? Tu aurais vu son air bête en étant tout souriant. Et puis, un homme qui n'est pas habitué à vivre seul n'est pas habitué à refouler ses besoins si tu vois ce que je veux dire !

Je crois que cette conversation me dépasse. C'est mon fils de quinze ans qui me parle de sexualité ! Mon Dieu, que le temps passe vite !

Valentin me prend dans ses bras.

– Ne t'en fais pas maman, on sera toujours là pour toi.

– Ce serait plutôt à moi de dire ça !

Je sens que pour lui la conversation est close. Je n'insiste pas. Je vais tenter d'en savoir plus auprès des filles avant d'aller directement à la source.

Je quitte sa chambre après l'avoir serré dans mes bras pour lui dire à quel point je l'aime et qu'il m'a profondément manqué.

Au moment où je passe le seuil de sa porte, il m'interpelle.

– Maman !

– Oui.

– Je ferai mes devoirs seul maintenant. C'était ridicule que je te monopolise tout ce temps à mon âge ! J'arrêterai d'éparpiller mes vêtements sales dans ma chambre et les déposerai dans la corbeille, Je trierai les arrêtes du poisson moi-même et je ferai griller mes tartines dans le grille-pain seul. Et... je pourrais peut-être tondre la pelouse, dit-il d'un air songeur en se grattant le menton.

Qu'il a grandi !

– J'oubliais ! Je vais arrêter de changer aussi souvent de petite amie, ça doit être pénible pour toi de devoir apprendre à connaître une nouvelle fille à chaque trimestre.

En réalité, je n'apprends pas vraiment à les connaître, je le laisse vivre la découverte sentimentale et ses déconvenues.

– Belles résolutions, je suis très fière de toi.

Je me dirige vers la chambre de Clémentine. Elle est allongée sur son lit, écouteurs aux oreilles, portable à la main, elle écoute de la musique.

– Maman ! Je ne t'ai pas entendu entrer !

Elle enlève les écouteurs de ses oreilles et se redresse sur ses deux coudes.

Clémentine commence par me parler de la fille de la voisine.

– Amandine était toujours sur son téléphone et ne faisait aucun effort pour se montrer agréable. Elle donnait l'impression de s'ennuyer et d'avoir envie d'être ailleurs en levant les yeux au ciel dès qu'on lui demandait quelque chose. Elle boudait à la moindre réflexion et râlait de devoir courir en permanence.

– Elle n'était pas habituée à vivre comme une mère de quatre enfants.

– Elle était payée pour ça. Il faut savoir ce que l'on veut. Travailler et gagner de l'argent ou ne rien faire et ne pas se plaindre de ne pas pouvoir partir en vacances entre copines.

C'est Clémentine qui dit ça ! Elle a bien évolué. Je me souviens de ses paroles lorsqu'un soir, Jean lui avait évoqué une connaissance qui cherchait une heure de ménage par semaine pour qu'elle puisse se faire un peu d'argent de poche. Elle avait refusé en bloc : « Tu me prends pour qui ?

Du ménage, pas question ! Sa femme n'est pas capable de le faire ? ».

Clémentine continue de me parler de son frère et de ses sœurs, du lycée... En évoquant la semaine dernière, elle éclate de rire en me disant qu'elle a gardé le meilleur pour la fin !

– Pauvre Coralie, tata a été aussi désagréable avec elle qu'avec toi, et comme d'habitude tonton en a rajouté pour soutenir sa femme. Elle n'a pas arrêté de se plaindre des repas : « Trop salé », « Trop sucré », « Fade », alors avec les filles nous avons un peu amplifié la situation en recrachant après la première bouchée en disant, par exemple : « Immangeable ».

Je commence à avoir de la compassion pour cette fille qui en a vu de toutes les couleurs.

– Tata lui faisait toujours des recommandations lorsqu'elle nous emmenait seule sur la plage, comme si elle était incapable de nous surveiller ! À notre âge, on sait se débrouiller ! La plage n'était qu'à quatre-cents mètres de la maison de vacances, on aurait même pu y aller seuls. Valentin et moi aurions surveillé les petits. À force de l'entendre lui faire les mêmes préconisations, on a eu l'idée de disparaître.

– Comment ça, disparaître ?

– Un jour, on a demandé à n'y aller que nous quatre avec Coralie, sans Hugo et Jules, afin qu'ils ne gâchent pas le plan. Nous nous sommes cachés derrière un énorme rocher. Coralie nous a cherchés. Elle a téléphoné à papa, ils nous ont appelés plus d'une heure avant qu'on décide de rentrer. Évidemment, nous avons été punis. On s'en fichait, ce que nous voulions, c'était l'embêter.

– Je ne comprends pas vos inquiétudes. Un tel acharnement me déçoit. Tu aurais aimé être à sa place ?

– C'est pour toi qu'on a fait ça.

– S'il y a un problème entre votre père et moi, c'est à moi de le gérer et non à vous. Je sais que vous teniez à l'éloigner de peur que votre père succombe à son charme, mais ce que je souhaite, c'est votre bonheur, et non pas de vous tracasser pour moi.

– Elle était toujours souriante, gentille. Elle nous demandait comment s'était passé notre journée. Elle nous faisait des gâteaux pour le goûter, nous demandait ce qui nous plairait de manger, nous bordait le soir. Elle était parfaite !

– Vous auriez dû en être heureux.

– Elle me faisait trop penser à toi. Je ne lui ai trouvé aucun défaut, tu te rends compte !

L'air horrifié de Clémentine me pousse à sourire.

– Quelle horreur la perfection ! dis-je sur un ton ironique pour dédramatiser la situation.

– Valentin bavait devant elle, alors tu imagines papa ! Avoir une femme aussi extraordinaire que toi, superbe, jeune et en permanence sous ses yeux, cela a dû être difficile pour lui de résister.

Nous y voilà, ce n'est pas Jean qui était tenté, mais les enfants qui ont eu peur que Coralie me remplace. Leur peur les a poussés à une mauvaise interprétation des signes.

– Quand on a appris qu'elle viendrait en vacances avec nous, c'était l'angoisse. On est passé à l'attaque, mais elle est restée quand même.

– Qu'est-ce que tu appelles « l'attaque » ?

– On a commencé le jeudi soir à lui pourrir la vie. Sous prétexte de chercher un jeu, Louison a vidé les trois placards de jeux de société ; Juliette qui cherchait des gommettes a vidé le placard des activités créatives et Valentin a éparpillé tous les vêtements de son armoire pour un tee-shirt qu'il ne trouvait pas. Il y en avait partout, un vrai champ de bataille ! dit-elle en éclatant de rire.

– J'imagine la scène ! De vrais petits démons !

– Le vendredi, j'ai fait pareil avec le placard à CD. Elle a eu un travail monstre. Papa nous a punis de soirée TV, on

155

s'en fichait. Mission accomplie... elle ne voudrait pas partir en vacances le lendemain avec nous ! Mais ça a raté !

– Ce serait bien de vous excuser.

– Je reconnais qu'on s'est peut-être un peu emballés.

– Un peu ?

– D'accord, on n'a pas réfléchi aux conséquences. On était dans le feu de l'action. Mais Juliette l'a vue discuter et rire avec papa, et Louison... Il ne restait plus cloîtré dans son bureau. Tu sais qu'il n'a pas travaillé le mercredi avant les vacances ?

– Valentin me l'a dit. Peut-être que votre père voulait vraiment passer plus de temps avec vous et vous redécouvrir. Cette expérience nous a chamboulés. Nous avons tous appris beaucoup sur nous et notre famille. Je suis certaine qu'il en est de même pour papa.

– Tu as raison maman, avec toi aussi, je n'étais pas juste. Je suis triste de mon comportement et je comprends que tu as eu envie de souffler.

– C'était bien plus que pour prendre l'air.

– Je sais maman. Je te demande pardon pour avoir refusé tant de fois de t'aider. Tu nous consacres toute ton énergie. On est des privilégiés et on ne s'en apercevait pas. Quand tu es partie et qu'Amandine boudait pour un rien, c'est là que j'ai réalisé. Je me suis reconnue dans son comportement. J'ai vu en elle l'image que tu devais avoir de moi. Je t'aiderai plus dans la vie quotidienne de la maison.

Nous nous enlaçons.

– Les choses vont changer.

– Elles ont déjà changé.

Un dernier gros câlin et des mots tendres avant de me diriger vers la chambre de Louison.

Louison est assise à même le sol. Elle trie les pièces d'un puzzle, son occupation favorite ! D'ailleurs, je ne sais pas comment elle fait pour réussir à assembler les pièces avec la lumière artificielle.

– Tu en commences un nouveau ?

– C'est Amandine qui me l'a donné. Sa tante lui en a offert un, mais elle n'aime pas ça.

Nous entamons la conversation autour du puzzle. Elle me montre les teintes et les difficultés qu'il y aura à retrouver les nuances d'orange.

– Tout s'est bien passé en mon absence ?

Elle ne répond pas, et m'interroge à son tour. Elle me pose les questions auxquelles j'ai déjà répondu au moment de l'annonce de mon départ. Je sens qu'elle a besoin de se rassurer sur mon attachement qui me lie à eux.

– Tu es contente d'être rentrée ?

– Ce fut un vrai déchirement de vous quitter, mais j'avais besoin de ce laps de temps pour me retrouver et me sentir bien parmi vous. En étant heureuse, je vous transmets mon bonheur.

– En ton absence, j'ai compris que je te demandais des choses dont je suis parfaitement capable, comme me brosser seule les cheveux, mettre mon lait dans un bol et prendre moi-même mes céréales, regarder si mes vêtements peuvent être remis le lendemain ou s'ils sont sales. Je vais être moins critique avec Juliette, ce n'est pas de sa faute si elle a beaucoup de manières et d'angoisses.

Je fais une tentative d'approche pour lui faire un câlin, elle m'ouvre les bras ! Louison, qui déteste les élans affectifs, me laisse la prendre dans ses bras, et ne râle pas lorsque je lui dis que je l'aime. Quel bonheur de la retrouver ! Que je les aime ! Tous.

Nous restons un petit moment, silencieuses. Je vois bien qu'elle a quelque chose sur le cœur. Je lui laisse le temps d'y réfléchir.

– J'ai vu la nounou faire un massage des épaules à papa. Je suis trop dégoûtée pour toi.

Cette révélation me pique les yeux, mon cœur s'emballe. Jean adore les massages, mais à l'idée qu'il se laisse faire par une autre femme que moi me gêne.

158

– Tu ne dis rien maman ?

– J'étais dans mes pensées.

– Je suis désolée, mais je voulais que tu le saches.

– Tu n'as pas à être désolée, je comprends ton inquiétude.

– Il a tellement changé, on ne le reconnaît plus depuis que Coralie est arrivée. Ils riaient ensemble. Papa plaisantait plus avec nous aussi. Il était détendu, comme s'il était soulagé de ton absence. Je suis en colère contre lui.

Louison croise les bras, les larmes aux yeux.

– Je suis certaine qu'il y a une explication.

– J'espère que vous n'allez pas vous séparer.

Elle fait monter l'angoisse en moi. Louison n'est pas du genre à s'inquiéter pour rien. Elle donne souvent l'impression que rien ne la touche et que tout glisse sur elle. Elle est dans sa bulle, presque hermétique aux émotions. *Et si elle avait raison ?* Non, je ne veux pas croire que mon absence fut une bouffée d'oxygène pour lui et la porte ouverte à une nouvelle rencontre. *Peut-être qu'il ressentait mon mal-être et qu'il étouffait ? Et s'il était mieux sans moi ?*

– Maman, je ne voulais pas te gâcher ton retour, mais j'étais obligée de te le dire. Tu comprends ?

– Bien sûr. Tu ne pouvais pas garder cela sur le cœur. Je pense que papa, tout comme vous, s'est aperçu qu'il

159

souhaitait modifier certaines habitudes. Tu as peut-être mal interprété ses intentions.

– Hum... dit-elle en haussant les sourcils.

Elle n'y croit pas. Je me veux rassurante. Toutefois, si Louison est anxieuse, il y a sérieusement de quoi me faire douter !

– Passe une bonne nuit et n'y pense plus. Je vais en parler à papa et je suis certaine que tout va s'arranger.

– Je ne veux pas que vous divorciez à cause de nous.

– Pourquoi à cause de vous ?

– Tu ne serais pas partie si on t'avait plus souvent aidée à la maison, si on ne t'avait pas fait courir partout pour nos activités, si on s'était moins querellés, si on avait été plus reconnaissants que tu nous consacres ta vie, si on ne t'avait pas autant sollicitée en appelant au moins cent fois par jour « maman ! », si je ne t'avais pas dit comment te comporter avec Juliette et les limites que tu devrais lui donner, si je ne t'avais dit quoi et comment faire certaines choses, si j'avais été moins intransigeante, si...

Je la coupe avec un : « Chut ! ».

– Ce n'est pas à cause de vous que je suis partie, c'est uniquement parce que j'ai laissé la situation m'échapper et que je n'arrivais plus à imposer de changements. J'avais baissé les bras, perdu mes repères. Ne pas avoir un cadre stable n'est pas sécurisant pour un enfant. Vous avez poussé le bouchon pour trouver les limites dont vous aviez besoin. C'est naturel, tout enfant cherche des limites. Il en a besoin pour son épanouissement. Pour un enfant, un adulte qui pose un cadre lui montre qu'il est là pour lui. Il lui apporte une stabilité qui le rassure.

Je m'aperçois que travailler à domicile ou être une femme au foyer est très difficile. Il y a l'isolement, le regard des autres sur notre soi-disant temps libre, et ce que cela entraîne comme sentiment de culpabilité et de frustration ; la dévalorisation de notre rôle, puis la perte de confiance en soi, et l'estime de soi en prend un coup.

– Je ne suis pas d'accord ! Tu étais capable de nous dire non, mais on insistait tellement que tu finissais par dire oui.

– C'est justement là le problème. Je n'étais plus crédible. J'avais perdu la force de me faire entendre. Vous n'y êtes pour rien. Ce mal-être s'est emparé de moi pour me faire réagir. J'avais besoin d'un électrochoc pour ouvrir les yeux. Heureusement, j'ai eu le courage de rassembler les dernières forces qui me restaient pour pousser mon coup de gueule. Nous allons enfin pouvoir retrouver une harmonie familiale.

La vie est trop courte pour se focaliser sur les banalités et s'apitoyer sur soi. Je suis persuadée que plus rien ne sera comme avant. Je constate que vous, comme moi, avons pris le temps de nous poser les bonnes questions, de réfléchir à nos actions et à ce que nous voulons. Grâce à ce petit temps d'échange que je prends avec chacun d'entre vous, je détecte que le changement a déjà commencé. J'ai la chance d'avoir des enfants merveilleux !

– C'est nous qui avons la chance d'avoir une maman si admirable que toi. Tu es irremplaçable.

Les paroles de Louison me touchent, et je ne peux contenir une larme. Louison se dévoile sans retenue. *Est-ce le changement qui opère ou juste la joie de me retrouver ?* L'avenir nous le dira…

J'arrive devant la porte de la dernière chambre. Je découvre Juliette devant son miroir avec un pantalon dans chaque main.

– Comment je m'habille demain ? dis-je en entrant à pas de loup dans sa chambre, sur le ton de la plaisanterie.

– Ah ! Tu m'as fait peur.

– Il va faire quel temps demain ? dis-je avec un grand sourire amusé.

– Arrête maman, ce n'est pas drôle ! dit-elle en faisant mine de bouder, un sourire à peine contenu.

Juliette et ses habitudes du soir ! Je constate qu'il y a encore du travail à faire de ce côté-là.

– Et si tu te couchais sans penser à la météo et qu'en te levant demain matin, tu suivais ton instinct ?

– Coralie m'a lancé le défi de ne pas lui demander la météo.

– Tu as réussi à tenir combien de temps ?

– C'était trop dur. Je n'arrêtais pas d'y penser et je ne pouvais pas m'endormir. Tu sais bien toi, si on ne répond pas à mes questions du soir, je ne fais que d'y penser.

– Et elle a cédé ?

– Oui, parce qu'elle voulait que je dorme.

Juliette a encore besoin de son rituel. Juliette et son bien-être sont ma prochaine mission. Je vais l'aider à évacuer ses angoisses. Si je n'y arrive pas, nous ferons, avec Jean, appel à un professionnel, ça ne peut plus durer.

Elle monte dans son lit à hauteur et me demande si je veux qu'elle me raconte ce qu'elle a fait à Coralie avec la complicité de son frère et de ses sœurs. Je ne suis pas certaine d'avoir envie d'entendre de nouvelles misères que mes petits tortionnaires lui ont fait subir, mais je vois bien qu'elle meurt d'envie de m'en parler. J'acquiesce d'un signe de la tête.

– Louison a mis du colorant dans sa crème solaire. Quand elle s'en est mise, elle était toute orange. me dit-elle avec une main sur la bouche qui cache un sourire béant. Et Clémentine s'est essuyée avec sa serviette de bain. Elle a fait exprès de sortir et entrer dans l'eau plusieurs fois, comme ça, lorsque Coralie a voulu se sécher, sa serviette était trempée. Elle a eu très froid.

Il y a eu une soirée karaoké au village de vacances le jeudi soir, Valentin l'a inscrite avec une chanson en grec. On a tellement ri que j'ai failli faire pipi dans ma culotte. Tu aurais vu maman, c'était trop drôle !

Juliette en rit seule.

Ils sont allés trop loin. Dès demain, je demanderai à Coralie si elle peut passer dans la semaine afin que les enfants lui expliquent pourquoi ils se sont si mal comportés et surtout, qu'ils s'excusent.

– Et toi, tu lui as fait quoi ?

– J'ai fait des petits trous dans son chapeau pour faire croire qu'une souris l'avait grignoté. On s'est bien amusé tous les quatre.

– Je suis ravie que vous ayez créé autant de complicité entre vous durant mon absence, mais j'aurais préféré que vous le fassiez différemment.

– Tu ne trouves pas ça drôle ?

– Vous êtes débordant d'imagination, mais je me mets à la place de cette pauvre Coralie. Ce que vous lui avez fait vivre a dû être très difficile pour elle, qui, d'après ce que j'ai compris, était adorable avec vous.

– C'était trop marrant, mais maintenant, je suis triste pour elle. Je n'avais pas pensé que ça pourrait lui faire du mal. C'était juste des blagues pour l'éloigner de papa.

– Je comprends ta perception. Promets-moi de ne plus recommencer envers qui que ce soit.

– C'est promis.

Juliette m'enlace par le cou.

– Maman, je te promets également de mieux te parler. Des fois, je te réponds mal et je te donne des ordres, je n'ai pas à te parler comme ça. Je vais arrêter de te faire répéter la même chose tous les soirs et faire des efforts pour ne plus redescendre trois ou quatre fois après le coucher pour que tu puisses te remettre à lire. Je vais arrêter de me plaindre de ne rien avoir à me mettre, mon armoire est pleine de vêtements. Tu n'auras plus à laver un pull à la main, en urgence. Si ma coiffure n'est pas parfaite, même avec une bosse, je ne la déferai pas pour que tu n'aies pas à recommencer. Et aussi, j'accepte de manger tous les jours à la cantine. Tu as besoin de te reposer, tant pis si je n'aime pas le jeudi parce que Lily n'y mange pas.

– Quelles belles résolutions !

– Maman, je voudrais que toi aussi tu en prennes une, pour moi, tu es d'accord ?

– Laquelle ?

– Tu ne laisseras plus tata mal te parler. Tu n'es pas son chien, elle n'a pas à te faire des remarques pas gentilles ni à te laisser tout faire quand on part en vacances avec elle. Aux prochaines vacances, j'aimerais bien que l'on ne soit que tous les six.

– Justement, ne plus me laisser envahir et me défendre font partie des résolutions que j'ai prises.

Juliette se jette à mon cou une nouvelle fois en me disant qu'elle m'aime énormément.

En un soir, j'ai appris bien plus sur mes enfants que je ne l'aurais espéré en une année. Visiblement, je ne vais pas avoir à demander que des efforts soient faits, puisque tous viennent de me donner leurs résolutions. Au bout d'un mois, ils ont réalisé par eux-mêmes qu'il était temps d'aller de l'avant. Je me suis souvent dit, pour me conforter dans mon rôle de maman, qu'ils prendront conscience lorsqu'ils seront parents du privilège qu'ils ont eu de m'avoir eu à leurs côtés en permanence. Ils ont progressé bien plus rapidement que je ne l'aurais cru. De mon côté, je suis déterminée à ne plus les assister autant afin de les autonomiser. Je vais les solliciter plus et oser leur dire ce qui me gêne lorsqu'ils feront quelque chose qui me déplaît. C'est une maman motivée, confiante et débordante d'énergie qui est de retour.

– Maman, tu m'écoutes ?

– Tu disais ?

– Donc tu ne m'as pas accordé d'attention !

– Je réfléchissais à ce que tu viens de me dire.

– Et j'ai dit quoi ?

– À l'instant, j'étais dans mes pensées, mais je t'écoute. Peux-tu me reformuler ta dernière phrase ?

Juliette souffle en croisant les bras sur sa poitrine et répète à contre-cœur.

– Je disais que Coralie voulait être comme toi, c'est pour ça qu'on n'a pas été gentils. On n'a pas besoin d'une maman de substitution.

– Elle était gentille parce que c'est son tempérament. C'était aussi son rôle. Elle ne voulait pas me remplacer.

– Ah non ! Elle faisait tout comme toi !

– C'est probablement parce que nous nous ressemblons un peu.

– Pas du tout. Peut-être quand tu étais jeune, mais là, elle n'avait ni boutons ni rides !

Juliette accompagne le geste à la parole en mimant des boutons et en plissant les yeux pour faire apparaître de petits plis au coin des siens. La spontanéité de Juliette me fait rire.

– Je voulais dire que je ne suis pas la seule personne à être capable de cuisiner, de s'occuper d'enfants et de leurs devoirs, de leurs horaires d'école, de loisirs ou de rendez-vous ; d'entretenir une maison et de te rassurer quand arrive le moment de rejoindre ta chambre.

J'explique à Juliette la fonction de Coralie en lui parlant du rôle d'une baby-sitter.

– Ah bon, elle était payée pour être gentille !

– Nous lui avons versé une rémunération pour qu'elle s'occupe de vous en mon absence, comme à Amandine. C'était un travail.

– Je ne savais pas que la gentillesse s'achetait.

– On ne peut pas l'acheter. Coralie est naturellement agréable. J'avais demandé à Amandine de faire tout ce que je fais pour vous habituellement, et elle a pris la suite. Elle était payée pour le travail accompli et non pour se forcer à être aimable.

– Mais toi, tu n'es pas payée !

– C'est ça une maman !

– Comment on fera quand tu seras vieille et que tu ne pourras plus rien faire ?

– C'est dans longtemps. D'ici là, vous serez partis de la maison.

– Mais tu vas bientôt avoir quarante ans !

– Justement, il me reste beaucoup d'années avant d'être trop âgée pour ne plus pouvoir me déplacer.

– Mais c'est à quarante ans qu'on est vieux ! Et tu vas bientôt atteindre l'âge limite.

Juliette me pousse à rire. C'est exactement le genre de perles que je note pour lui ressortir une fois adulte. Juliette dit toujours ce qu'elle pense, ce qui est plutôt comique, même si ce n'est pas au goût de tout le monde.

– À ton âge, je pensais la même chose. Pour un enfant, quarante ans, ça paraît âgé ; pour un adulte, c'est seulement la première partie de sa vie.

– Ça veut dire que tu as déjà vécu la moitié de ton temps, dit-elle d'un air effrayé.

– On peut vivre bien plus longtemps, disons que j'entame un tournant dans ma vie qui va être très intéressant. J'ai encore suffisamment d'énergie pour construire de nouveaux projets.

– Mais tu ne vas pas bientôt mourir ?

Juliette et ses angoisses. J'essaie de lui expliquer les différentes phases de la vie et les projets que nous pouvons construire à chacune des périodes afin de la rassurer. Je sais que si je n'arrive pas à répondre à ses craintes, elle se réveillera cette nuit ou elle descendra plusieurs fois, totalement épuisée demain matin, n'ayant pas osé me déranger une énième fois de peur que son père ne la fâche. Je ne sais pas pourquoi elle craint autant Jean, puisqu'il se contente de la regarder passivement.

Juliette paraît apaisée. Je clos cette conversation. Il est déjà tard et nous enchaînons les bâillements.

En quittant la chambre de Juliette, je me sens toute légère. Je suis sereine et heureuse de constater que mes enfants sont pleins de ressources. Ils ont pris, chacun à leur niveau, conscience que nous avons besoin de regarder en nous. Il n'y a pas d'âge pour se réajuster. Ils paraissent plus sereins, matures et soudés.

Coralie fut probablement le déclic. Le déclic permettant de leur montrer qu'ils devaient agir. En s'en prenant à cette fille, ils ont agi pour eux. Sa présence les a poussés dans leur retranchement et leur a permis de voir en eux ; de voir leurs points forts et leurs points faibles ; de voir ce qu'est une vraie famille soudée.

Coralie leur faisait penser à moi. Ils avaient peur de trop s'attacher à elle, peur de constater que je suis remplaçable, peur de vérifier qu'ils pouvaient se débrouiller et s'autonomiser, peur du changement. Le changement tout comme la différence font peur. C'est en regardant la peur en face que nous apprenons le plus sur nous, et c'est exactement l'exercice qu'ils ont testé en mon absence.

Les enfants sortent transformés par cette expérience, mais qu'en est-il de Jean ? Avons-nous les mêmes aspirations ? Les incertitudes que j'avais avant mon départ concernant notre couple ont disparu. Notre couple a vécu des moments merveilleux. L'éloignement lié au manque de communication a entraîné des perturbations. *Nos cœurs se sont fermés, mais peuvent-ils se rouvrir ?* Le mien bat pour Jean. Je suis prête à montrer le chemin qui mènera à la clé du bonheur. *Qu'en est-il de Jean ? S'est-il posé des questions en mon absence ou bien a-t-il préféré tourner la page ?* Non, je ne peux me résoudre à croire qu'il peut faire une croix sur vingt-et-un ans d'amour aussi facilement.

Le moment de vérité a sonné. Je suis de retour dans le salon. Jean regarde son téléphone, tranquillement assis dans le canapé. *Sera-t-il disposé à avoir une franche conversation ?*

Il entame le dialogue.

– Les enfants ne voulaient plus te lâcher ?

– Ils avaient tellement à me raconter !

– Et que t'ont-ils dit ?

171

– Pourquoi, il y a des choses compromettantes ?

– J'ai essayé de me rapprocher d'eux, mais plus je me montrais disposé à leur accorder de l'attention, plus ils étaient secrets. Ils complotaient, riaient en me regardant discuter avec la dernière jeune que tu as embauchée. Je ne les ai jamais vus aussi déterminés que ces deux dernières semaines. Même Valentin a troqué sa nonchalance contre une énergie que je ne me rappelle pas avoir vue en lui depuis qu'il a quitté l'école élémentaire. La semaine dernière, ils ont été tyranniques avec Coralie. Peu importe ce que je disais, ils recommençaient le jour d'après. J'avoue que j'étais désemparé. Je pense qu'ils se sont mépris sur mes intentions.

Jean se frotte le front en marquant une pause avant de poursuivre.

– Octavia pense qu'ils exprimaient le manque qu'ils ressentaient et la frustration de ne pas pouvoir passer plus de temps au téléphone avec toi.

– Qu'en penses-tu ?

– Je pense que c'est la présence de Coralie qui les dérangeait. Avec Amandine, c'était différent. Ils lui reprochaient de ne pas avoir l'envie de s'occuper d'eux, de ne pas être disponible, de vouloir de l'argent sans travailler. Ils rechignaient à manger, ce n'était pas si bon que tes petits plats. Tout était prétexte à contestations. Avec Coralie, c'était comme s'ils lui en voulaient.

– D'après toi, quelle serait la raison pour laquelle ils lui en voulaient ?

Je connais déjà la raison, mais je veux l'entendre de sa bouche. Je veux savoir s'il ose me révéler la vérité en avouant sa proximité avec cette jeune fille, et surtout, ses intentions. Je veux être certaine que nous allons dans la même direction et que je connais véritablement mon mari.

– Je ne sais pas exactement. Ils passaient toujours par moi avant de s'en prendre à elle.

– Comment ça, par toi ?

– Si je rentrais plus tôt, j'avais des questions sous forme de reproches comme par exemple : « Pourquoi tu rentres si tôt ? », « Pourquoi tu n'es pas au travail ? », « Pourquoi tu discutes avec Coralie le soir au lieu de travailler sur ton ordinateur ? ». Ils se montraient soupçonneux. Je leur répondais, ils tournaient les talons en haussant les épaules. Je ne savais pas exactement ni ce qu'ils avaient ni ce qu'ils cherchaient. J'étais démuni face à cette incompréhension et totalement impuissant. C'est comme si plus j'avais le souhait d'aller vers eux, plus ils s'éloignaient ; plus je voulais passer du temps en leur présence, plus ils me le reprochaient.

– Selon toi, tu voulais juste te rapprocher d'eux ?

– La première semaine, je travaillais plus. J'avais besoin de penser à autre chose. J'étais inquiet à l'idée que tu ne reviennes pas. La deuxième semaine, je me suis repris en pensant aux enfants, et je suis redevenu égal à moi-même. Ensuite, Coralie est arrivée. Elle a apporté de la fraîcheur dans la maison. Elle était vraiment chouette cette petite !

Pas trop « chouette » quand même, j'espère !

– Coralie m'a bousculé. Elle s'intéressait à tout. Elle a commencé par questionner les enfants sur l'école, leurs amis, ce qu'ils aimaient faire... Elle a frappé à la porte de mon bureau pour me poser des questions sur mon travail. Elle me demandait si ton absence ne m'était pas trop difficile, quel était le but de cette démarche, ce que cela allait entraîner pour la suite, ce que tu cherchais à découvrir et si j'en profitais pour en faire autant... Selon elle, c'était l'occasion pour chacun de se poser les bonnes questions. Comme tu le sais, je n'aime pas que l'on vienne me déranger lorsque je travaille, mais elle a amené son point de vue sous une forme de questionnement qui reflétait sa naïveté. J'ai été désarmé. À vingt-deux ans, elle avait déjà compris l'essentiel de la situation. Il était grand temps que je fasse le point sur ma famille et que je relève la tête pour ne pas passer à côté de ce que j'ai sous les yeux.

Jean se rapproche de moi, et me prend les deux mains qu'il entraîne sur ses genoux.

– Sophie, je suis tellement désolé de t'avoir négligé. J'ai pris pour acquis notre amour et me suis contenté de la routine. Je ressentais que ta joie de vivre était en train de s'éteindre, mais je n'ai pas cherché à en connaître les raisons. Avec du recul, je pense que j'avais peur d'entendre ce que je ne voulais pas comprendre et ne voyais que ce qui m'arrangeait. En me réfugiant dans le travail, je fuyais ce que je redoutais le plus, avoir une conversation avec toi. Je ne voulais pas reconnaître que le pilier de la maison était en train de s'écrouler. Je ne voulais pas admettre que notre famille avait un problème.

– Ce qui est arrivé devait arriver. Il ne faut pas regretter ni se culpabiliser. L'essentiel est d'avoir conscience de nos propres faiblesses et d'essayer de les transformer en forces.

– Grâce à ton départ, j'ai appris à me connaître en identifiant mes besoins ; en reconnaissant mes regrets ; en osant émettre des souhaits. Je suis déterminé à ne pas reproduire les mêmes erreurs. Je ne veux plus vous délaisser les enfants et toi. J'ai décidé de rentrer plus tôt le soir, de travailler le mercredi après-midi et le jeudi en télétravail, ce qui me permettra d'être plus disponible si tu as besoin d'aide. Je prendrai mes cinq semaines de vacances sans que tu n'aies à insister. En parlant de vacances, ce serait bien que nous partions à six de temps en temps et plus systématiquement avec ma sœur. J'ai pensé que tes parents, qui sont maintenant en retraite, pourraient nous garder les enfants un week-end ou deux par an afin que nous puissions nous retrouver et ne penser qu'à nous deux.

Waouh ! Jean est transformé ! Il aura fallu un mois d'éloignement pour que je retrouve une famille déterminée et plus solide que jamais.

– Comment tu vas faire pour moins travailler sachant que tu n'as plus d'assistante de direction ?

– Cela fait deux semaines que j'en ai trouvé une. Elle prend ses marques rapidement. Je vais aussi recruter un commercial qui sera détaché pour assurer les rendez-vous de longues distances, ce qui évitera que je parte sur plusieurs jours, sauf lorsque je n'aurais pas le choix à cause de congés ou d'un gros contrat. J'ai reçu quelques CV très intéressants. D'ici à fin mai, ma société aura plus de charges, mais elle devrait les engloutir facilement avec les bénéfices que nous faisons actuellement. J'adore mon travail, mais je veux vous retrouver. Valentin et Clémentine sont déjà grands. Bientôt, ils partiront et je ne les aurais pas vu grandir. Je me réveille tard, néanmoins, il vaut mieux tard que jamais !

On a échangé mon mari !

– Tes résolutions me laissent bouche bée.

– Tout cela, c'est grâce à toi. C'est toi qui as eu le courage de dire stop en nous disant : « Ça suffit ! ». Nous avons entendu ta voix. Il ne faut pas attendre passivement que les choses changent, elles ne changeront pas seules.

– Je ne pouvais pas espérer un plus beau retour.

– Tu es et seras toujours une femme épatante. La seule et l'unique à mes yeux.

Nous nous enlaçons et restons un moment dans les bras l'un de l'autre. Je prends une grande inspiration et hume son odeur, une odeur si rassurante. Blottie contre son torse, je me sens libre de lui révéler mes inspirations.

– Avant de nous installer ensemble, je passais beaucoup de temps à peindre.

– Oui, je me souviens que tu étais très douée.

– Je veux me remettre à peindre. Je souhaite entamer une formation me permettant par la suite de transmettre cette passion. J'ai pris des cours durant une dizaine d'années, je participais à des ateliers et expositions locales. Je veux un but, un centre d'intérêt, voir du monde, échanger… Peindre me permet de m'exprimer, de m'épanouir, de donner sens à ce que je fais.

– C'est une excellente idée !

– Peindre était bien plus qu'une passion, c'était un besoin ! Je ne pouvais pas passer trois jours consécutifs sans un pinceau à la main, sans que le manque ne se fasse sentir. Ma vocation est de me manifester à travers l'art. J'en prends conscience seulement maintenant. J'ai compris que j'étais en train de m'éteindre, car je ne pouvais plus m'exprimer. J'ai souvent eu envie de prendre un crayon entre mes doigts ou un pinceau en voyant les enfants dessiner, mais je me disais que j'avais autre chose à faire. Si j'ai eu le courage, à l'aube de la quarantaine, de pousser mon coup de gueule, c'est parce que l'étouffement que je ressentais n'était autre que le reflet de ma censure. En m'empêchant de révéler mon âme de créatrice, je m'asphyxiais.

Jean est emballé par le projet. Il propose que nous aménagions une partie de la grange en atelier avec une salle dédiée à la transmission de ma passion. Il se lève et va chercher une feuille de papier et un stylo afin de mettre en images ce qu'il me propose.

Nous passons un petit moment à dessiner les croquis de mon futur atelier, qui sera coûteux, mais comme le souligne Jean, la grange n'est quasiment pas utilisée, ça lui donnera de la valeur.

Je me vois déjà dans mon atelier avec de grandes baies vitrées pour laisser entrer la lumière naturelle, ce qui permet à l'œil de voir les couleurs le plus justement possible, de trouver l'inspiration en contemplant la nature derrière ses vitres et d'aérer la pièce. Le plafond est suffisamment haut pour qu'il soit réduit, ce qui permettra d'avoir une mezzanine pour stocker mes créations.

Je prends une nouvelle feuille et note tout ce dont j'aurais besoin pour travailler le plus confortablement possible : des chevalets de différentes tailles, un chevalet de table, une desserte sur roulettes, des tabourets réglables pour ne pas trop fatiguer, des cimaises afin de pouvoir changer les tableaux de place régulièrement sans transformer les murs en gruyère, des pinceaux, des couleurs, des chiffons, des palettes… La liste est longue et ne cesse de s'allonger. Je sais que je ne pourrais pas avoir tout ce confort pour travailler du jour au lendemain. En attendant la fin des travaux, je vais commencer dans le jardin avec le peu de moyens à ma disposition. Petit à petit, je me constituerai l'outillage nécessaire pour professionnaliser ma passion. C'est un projet qui aboutira pleinement d'ici aux deux années à venir. Peu importe le temps qu'il faudra, tant qu'il avance, que je le vois naître sous mes yeux, l'euphorie sera présente.

– Tu n'auras pas la place pour enseigner dans un premier temps. Toutefois, rien n'empêche de transformer l'une des chambres d'amis de la maison en atelier afin que tu puisses créer.

– Les beaux jours arrivent, je préfère ne pas être réduite à un petit espace, on verra lorsque les températures se rafraîchiront... J'en profiterai également pour suivre des cours sur le développement personnel, ce qui me permettra par la suite de proposer une peinture thérapeutique. Ma tête est pleine d'idées, rien d'arrêté pour le moment. Je vais me laisser guider en fonction de mes aspirations, en étant à l'écoute de mes besoins.

– Si je comprends bien, tu comptes rester ? me demande Jean avec un grand sourire.

– Tu en doutais ? lui dis-je d'un air coquin.

Nous nous enlaçons et finissons la soirée, pleine de tendresse et d'amour.

Chapitre 9

Trois semaines que j'ai retrouvé les miens, et que ma vie a repris son cours.

Trois semaines que je sais où est véritablement ma place, et que je me réaffirme. Je me réaffirme en tant que femme, en tant que maman, en tant qu'âme créatrice.

Je suis une femme déterminée, battante et enthousiaste avec une tête pleine de rêves.

Je sais ce que je souhaite faire les dix prochaines années, je ne cesse d'élaborer de nouveaux projets sans me fixer de dates afin de ne pas me mettre de pression. Je me connais, j'aime la perfection, mais je vais essayer de lâcher prise et accepter que tout ne soit ni prévu à l'échéance près ni déjà tout élaboré sur papier.

J'ai commencé les démarches administratives afin de transformer la grange en atelier et démarché quelques artisans. Je suis en attente de devis isolation, plomberie, chauffage... En parallèle, je regarde les différentes formations auxquelles je pourrais m'inscrire. Mes journées sont accaparées par toutes ces formalités. Heureusement, j'ai entièrement confiance en Myriam, la femme de ménage que nous avons embauchée. Elle me soulage deux heures, trois fois par semaine. Un pur bonheur que je ne m'autorisais pas. Encore une fois, étant à la maison en permanence, je n'en voyais pas l'intérêt. Là aussi, j'ai dit stop à la peur du jugement. Ce que les autres pensent ne m'intéresse pas, sauf si ce sont des critiques constructives évidemment ! Une femme au foyer n'est pas synonyme de maison, enfants, dodo. Grâce à Myriam, je peux consacrer mes journées à la paperasse administrative, à m'adonner à mes passions : le dessin et la peinture, prendre du temps pour moi et rien que pour moi en allant plus régulièrement chez le coiffeur ou chez l'esthéticienne par exemple, aller marcher dans la campagne qui environne la maison juste pour prendre l'air et être en communion avec la nature, et bien sûr profiter les soirs et les week-ends des enfants et de Jean en toute disponibilité. Ce qui compte n'est pas ce que nous faisons, mais le partage de nos émotions, de nos rires et de nos joies.

Le matin, je me lève avec entrain. J'ai un but, ce projet m'anime.

Les enfants, tout comme Jean, sont soutenants. Tous sont emballés par ma renaissance. Chacun donne son avis sur ce qu'il serait bien de faire. En rentrant de l'école, ils veulent tout savoir sur mes démarches, savoir si j'ai une date de début de travaux fixée. Ils veulent que je leur montre ma peinture ou mes dessins du jour. Leurs yeux sont admiratifs.

Les repas se déroulent dans le calme et les échanges, les devoirs sont plus agréables, je ne travaille plus avec Valentin jusqu'à agacement, le linge propre est rangé dans les armoires, les poubelles des chambres sont descendues le lundi soir, et de l'aide m'est spontanément proposée.

Le soir, Juliette descend plus qu'une seule fois. J'ai bon espoir qu'elle se libère de toutes ses angoisses à son tour.

Et Jean ? Il est de retour du bureau entre 18 h et 18 h 30 et télétravaille le mercredi après-midi. Il devrait bientôt pouvoir en faire autant les jeudis puisque son nouveau commercial vient d'arriver. Le temps de le former et Jean aura tenu parole. Nous avons retrouvé notre complicité !

En faisant le bilan de ces trois dernières semaines, je suis sur un petit nuage. Notre mode de vie et nos habitudes sont transformés. Les enfants ne se chamaillent plus autant, ils préfèrent ressortir les jeux de société et nous demander de jouer avec eux. Ces moments assis autour d'une table à rire sont des moments précieux. C'est grâce à eux que nous solidifions notre famille et que nous créons de bons souvenirs auxquels nous raccrocher.

Sans oublier le mystère élucidé quant aux raisons qui ont poussé Coralie à masser les épaules de Jean, et qui a entraîné Louison dans une grande crainte. Coralie, qui est en école supérieure pour devenir ostéopathe, avait proposé à Jean de soulager ses cervicales douloureuses ! Les deux semaines qu'elle a consacrées à ma famille correspondaient à ses vacances. Elle n'en tient pas rigueur aux enfants et comprend leurs comportements, même si elle aurait apprécié des moments plus agréables avant de reprendre les cours. Il n'y a qu'Adeline qui m'a déçue. Nous nous étions promis de nous donner des nouvelles et de nous revoir rapidement. Elle n'a répondu à aucun de mes appels ni mails. Je ne comprends pas son silence. En cherchant sur les réseaux sociaux, je n'ai pas trouvé d'Adeline Richard habitant Le Mans. La seule que j'ai dénichée au plus proche est à Bléré. Je n'ai pas son adresse, je ne peux pas tenter la méthode à l'ancienne, le courrier. J'espère que son silence n'est pas le signe qu'il lui est arrivé quelque chose. Je me questionne à son sujet. Je crois que tant que je n'aurais pas retrouvé sa trace, je chercherais à comprendre. *Sans un problème grave, pourquoi ne me répondrait-elle pas ?* Elle semblait apprécier ma compagnie, tout comme moi la sienne. Nos échanges, nos fous rires me manquent. Elle me manque !

– Maman, tu fais quoi ? On est déjà toutes dans la voiture.

– Toutes, je croyais que nous ne partions qu'à trois ?

– Comme papa, Valentin et Louison ne veulent pas venir, je ne les compte pas.

Juliette et son raisonnement ont le don de me dérouter par moments !

Le moteur de la voiture est à peine allumé qu'elle me demande ce que l'on va acheter. Je ne peux pas lui répondre de façon aussi catégorique que sa question, puisque cela va dépendre de ce qui nous tentera.

– Je mangerais bien un poulet rôti ce midi, dit Juliette.

– Et moi, je m'achèterais bien des boucles d'oreilles, dit Clémentine.

– Ah oui bonne idée !

– On mangera quoi avec le poulet ?

Je laisse Juliette et Clémentine dans leur conversation. Elles sont toutes excitées à l'idée d'aller au marché d'Amboise. Je ne me souviens même plus de la dernière fois où j'y suis allée, c'est pourtant un lieu vivant et chaleureux. Il y a toujours des odeurs agréables qui poussent à revenir avec le repas du midi, quelqu'un avec qui discuter, une découverte à faire…

Le milieu de matinée est le moment où il y a le plus de monde. Nous sommes garées un peu loin. Il fait beau, marcher nous fera du bien.

Nous prenons notre temps et déambulons de stand en stand.

– Merci maman, tu es la meilleure !

Je me contente de répondre à Juliette par un sourire. Pas étonnant qu'elle me complimente, je viens de lui offrir un bracelet, une paire de boucles d'oreilles et une robe. Clémentine, qui voulait des boucles d'oreilles, repart avec un collier et une bague. J'achète également quelques présents pour les absents, sans oublier de rapporter des fruits pour Jean. Après chaque repas, même s'il a mangé un dessert, il adore piocher dans la corbeille de fruits. C'est donc les bras chargés que nous quittons la place du marché.

En refermant le coffre, je crois avoir une vision. Je la regarde, détourne la tête et regarde à nouveau. Pas de doute... Adeline ! *Que fait elle à une heure trente de chez elle, seule ?* Il faut que je sache, j'ai trop de questions en suspens.

– Les filles, vous m'attendez dans la voiture, je crois avoir vu une connaissance.

Adeline est garée sur la rangée face à nous avec trois voitures de décalage. En voyant qu'elle s'apprête à monter dans l'habitacle, j'accélère le pas.

Elle démarre le moteur. Arrivée à côté de sa voiture, je frappe à la vitre. Elle se tourne et me dévisage avant de l'abaisser.

– Adeline ! dis-je d'un ton mi-surpris, mi-heureux.

– Sophie ! Que fais-tu là ?

– Ce serait plutôt à moi de te demander cela. Du Mans, tu viens faire ton marché à Amboise ? Tu aurais pu me prévenir !

Adeline tourne la tête face au volant. Elle ouvre la portière, je me recule pour la laisser sortir. Elle paraît gênée.

– Je suis tellement désolée, Sophie, me dit-elle d'un ton triste.

– Pourquoi ?

– Je ne mérite pas l'amitié d'une femme telle que toi.

– Je ne comprends pas.

– Je n'ai jamais été honnête avec toi. Depuis mon retour, je me fais honte.

– En quoi tu n'as pas été franche ?

– Tout.

Adeline lâche sa bombe d'une traite sans me laisser l'interrompre. Elle en a trop sur le cœur, sa culpabilité est écrasante. Elle a besoin de se libérer, et demande mon pardon.

– Je n'habite pas Le Mans, mais Bléré. Je n'ai pas été harcelée sexuellement six années par mon patron, mais seulement déçue par lui. J'avais un patron formidable, un patron dont on parle en bien dans une soirée entre amis. Je m'estimais chanceuse. Il me parlait de sa femme et de ses enfants qui étaient sa fierté. Je lui racontais ce que je faisais durant mes vacances ou les week-ends dans les grandes lignes. Nous avions une pseudo-relation amicale, tout en gardant le vouvoiement. Nous ne nous fréquentions pas en dehors du bureau afin de préserver le lien hiérarchique intact, jusqu'au jour où j'ai eu le sentiment qu'il voulait rompre cette distance et me voir autrement que comme son assistante de direction.

Adeline marque une pause. Elle tourne ses yeux larmoyants vers le sol.

– Je lui en ai voulu de me gâcher l'image de l'homme idéal. Il me réconciliait avec les hommes et me donnait l'espoir qu'un jour, moi aussi, je puisse en trouver un respectueux, fidèle et aimant. Je lui en voulais tellement d'avoir cassé ce mythe que j'ai démissionné du jour au lendemain pour le mettre en difficulté. Je pensais qu'en partant, il aurait du mal à retrouver quelqu'un qui ne compte pas ses heures, qui prend le temps d'échanger et qui s'investit autant que moi dans son travail. J'ai laissé la colère dicter mes agissements, et je n'en suis pas fière.

– On fait tous des erreurs.

Adeline ne relève pas ma remarque, et poursuit.

– Je ne me suis pas arrêtée là. Au lieu de lui exprimer le fond de ma pensée, j'ai voulu me venger en atteignant sa femme. Mon plan était parfait : il suffisait de sympathiser avec elle, de lui décrire son mari comme un horrible patron et de lui faire croire que je n'étais pas la première à avoir connu cette situation, pour qu'elle n'hésite pas une seconde à le quitter. J'élaborais des plans dans ma tête pour savoir comment entrer en contact avec elle. En parallèle, je savais que je ne voulais plus travailler dans le secrétariat. C'est alors que j'ai entrepris les démarches pour suivre le chemin de Saint-Jacques-de-Compostelle, qui selon moi allait m'aider à me libérer de ma colère et me servir de test de personnalité pour déterminer vers quoi je devais me réorienter. C'est là que je suis tombée par hasard sur toi, grâce au site qui met en relation les pèlerins, et que je t'ai tout de suite identifiée comme étant la femme de Jean.

Adeline marque un nouveau temps d'arrêt, et m'effleure le bras.

– Sur la quantité de pèlerins, il a fallu que je tombe sur toi. Je jubilais !

– J'ai peur de comprendre, dis-je consternée et les larmes aux yeux.

– J'ai donc peaufiné le personnage de Jean.

– Ce n'est pas possible ! dis-je en hurlant. Non ! Non ! Ça ne peut pas être vrai, pas lui, pas maintenant ! Je suis en colère. *Pourquoi ne m'a-t-il pas avoué cette tentation à mon retour ?* J'étais tellement heureuse de les retrouver, de constater l'évolution de chacun, que je lui aurais pardonné. Mais l'apprendre par la bouche d'Adeline !

– Je n'ai pas pu mettre mon plan à exécution. J'ai appris à te connaître, je me suis attachée à toi et je t'apprécie réellement.

– J'ai du mal à te croire.

– Je ne veux pas détruire ta famille.

– Tu t'y prends mal !

– Nous avons tous nos faiblesses, mais pas la même façon de les exprimer. Nous n'avons pas la même force.

Je m'éloigne d'elle. Je ne veux plus entendre un mot de plus.

Elle me suit et insiste.

– Toi, tu t'es enfermée dans ta solitude avant d'avoir un élan d'énergie pour te reprendre en main. Ton mari s'est senti délaissé, impuissant, moins aimé. Il s'est également éloigné de vos enfants et ne savait plus où trouver du réconfort. Il a eu besoin de se rassurer et de savoir qu'il pouvait encore compter pour quelqu'un. En réalité, il ne m'a pas fait d'avances, seulement quelques compliments à demi-mots, c'est surtout son regard qui en disait long sur son désarroi. Nous avons toujours gardé nos distances jusqu'au jour où il m'a proposé d'aller boire un verre en débauchant. À ce moment-là, sa détresse était en alerte. Avec du recul, je me rends compte que j'ai mal interprété ce geste. Et j'ai enfoncé le clou au lieu d'essayer de lui parler, de le comprendre et de l'aider. Tout était dit, il venait de perdre mon estime, je ne pouvais plus rester.

La situation n'est peut-être pas si dramatique.

– Grâce aux jours que nous avons passés ensemble, je comprends pourquoi il a agi ainsi, et surtout son besoin de compagnie. Je le comprends, et je t'assure que ton mari est un homme bien. Il n'a probablement jamais été tenté par moi ou une autre femme, je me suis fourvoyée en le pensant, je suis un dommage collatéral. Finalement, ce fut un mal pour un bien. Grâce à votre éloignement, ton mari m'a poussée à chercher en moi ma véritable vocation. Sans cet incident, je ne serais pas sur le point de commencer une formation d'herboriste. Sans cette démarche, nous ne nous serions pas rencontrées et mon cœur aurait conservé une part de colère.

Je n'ai plus de désillusion quant aux hommes en général. Jean est un homme unique. Vous vous méritez.

Adeline m'enlace. Un fou rire arrive. Un rire nerveux que je ne peux contrôler et qui me pousse à verser quelques larmes. Je ne sais pas si je pleure de joie ou de tristesse.

– Je te demande pardon. Si tu acceptes de me faire confiance, je ne te mentirai plus.

Comment lui en vouloir ? Adeline est une femme déçue, blessée dans son orgueil. Les déceptions sont douloureuses, surtout lorsqu'elles viennent d'une personne que l'on apprécie.

Je me souviens que Jean me parlait toujours avec bienveillance de son assistante. Il m'évoquait son professionnalisme et son investissement. Il avait d'ailleurs pour projet de la faire évoluer au sein de la société. Il envisageait de lui proposer la direction d'une agence qu'il espérait ouvrir prochainement dans un département voisin. Je n'ai jamais été jalouse d'elle. Lorsqu'il l'évoquait, il avait un profond respect pour elle. Ses paroles n'étaient pas déplacées.

Je comprends mieux pourquoi Adeline n'était pas claire dans ses explications, ainsi que la tristesse qu'elle éprouvait en me regardant les deux derniers jours. Elle était emplie de culpabilité et ne savait pas comment faire marche arrière.

Elle était prise dans un engrenage qu'elle ne maîtrisait plus, partagée entre l'amitié et la rancœur, la franchise et le mensonge.

– Adeline, tu n'es pas une mauvaise personne ! Tu t'es sentie trahie, et tu as eu envie de te venger. Grâce à l'amitié qui a émané de notre rencontre, tu as compris que ce n'était pas la bonne solution. Tu as voulu tout arrêter, mais il était trop difficile de trouver le courage de tout m'avouer.

– Je m'en veux tellement !

– Jean a cherché du réconfort et non pas une aventure. Il avait besoin que quelqu'un s'intéresse à lui. Toi, tu recherchais l'image d'un homme fort, et tu l'as perdu.

– D'ailleurs, je pense que je devrais m'excuser auprès de lui, si tu es d'accord... Je lui avais donné un rôle qui n'était pas le sien. Il était devenu une image que j'idolâtrais.

– Plus de non-dits ?

– Promis.

Nous nous enlaçons un long moment. Une larme s'échappe, une larme de soulagement cette fois.

En montant dans sa voiture, elle me regarde droit dans les yeux. Un regard franc qui me dit que nous nous reverrons. Il n'y a ni gêne ni tristesse, contrairement à la dernière fois que nous nous sommes dit au revoir au Puy-en-Velay.

Je m'empresse de rejoindre mes filles qui doivent s'impatienter dans la voiture.

– C'était qui ? demande Juliette.

– L'ancienne assistante de direction de papa.

– Tu la connais ?

– C'est Adeline.

– Adeline ?

– Adeline du pèlerinage.

– Adeline ! s'exclament-elles en cœur.

Je hoche la tête.

– Tu nous avais dit qu'elle habitait Le Mans !

– En effet, elle m'a menti pour que je ne sois pas mal à l'aise à cause de la situation puisqu'elle venait de démissionner du poste d'assistante de direction de papa.

– C'est à cause d'elle que papa faisait la tête ?

– Elle savait qui tu étais ?

– Comment elle le savait ?

– Pourquoi elle a laissé tomber papa ?

– C'est à cause d'elle que papa était encore plus distant avant que tu ne partes, il fallait qu'il fasse son travail en plus du sien ?

– Tu disais qu'elle était super gentille et que tu voulais nous la présenter.

– Je ne suis pas certaine d'avoir envie de la rencontrer après ce qu'elle vous a fait à papa et à toi.

Les questions fusent, elles n'attendent pas les réponses. Elles se questionnent elles-mêmes, à haute voix.

– Les filles, nous faisons tous des choses dont nous ne sommes pas fiers. En faisant des erreurs, on apprend à mieux se connaître et à ne pas recommencer. Nous avons tous le droit de nous tromper.

– Toi, tu as fait quoi que tu regrettes ? me demande Juliette.

Excellente question !

– Alors ? s'impatiente-t-elle.

– Je réfléchis à la réponse que je vais te donner.

– Tu as eu un mois pour y réfléchir !

Juliette et sa répartie ! Qu'elle la garde le plus longtemps possible, elle est le reflet de sa témérité !

– Je ne regrette rien, tout ce qui arrive n'est pas le hasard. Mes erreurs m'ont permis de me poser les bonnes questions pour évoluer. Nous pouvons faire des erreurs tout au long de notre vie. Il n'y aucune limite d'âge pour relever des défis et se remettre en question.

– Ce n'est pas clair. Je crois que tu n'as pas compris ma question.

– Par exemple, avant de partir le mois dernier, je ne me sentais plus heureuse, quelque chose m'empêchait d'apprécier mes journées. Je ne supportais plus mon quotidien, mais je ne savais pas quoi faire pour y remédier.

– Alors comment tu as su que tu devais partir ?

– J'ai écouté ma petite voix intérieure qui me disait que je rêvais de partir, seule, pour m'aérer. Les journées s'enchainaient et ce rêve devenait omniprésent. Je ne pensais plus qu'à la liberté. Si nous avons tous fait de véritables progrès dans notre développement personnel, c'est parce qu'il fallait que cette expérience soit vécue. C'est à travers elle que nous avons ouvert les yeux. Lorsqu'un barrage se met sur notre route, on a tendance à s'inquiéter, à être abattu avant de se reprendre pour grandir. Grandir non pas en taille, mais en devenant plus fort mentalement, meilleur. Nous savons mieux où nous allons, qui nous sommes. Tu comprends ?

– Pourquoi la vie ne pourrait pas nous guider sans mettre des épreuves sur notre chemin ?

– Probablement parce que c'est grâce à elles que nous évoluons. Les épreuves nous renforcent.

– J'espère que je n'en aurais pas besoin pour savoir qui je suis !

– Des personnes savent ce qu'elles veulent et prennent le chemin le plus court pour y parvenir ; d'autres, comme moi, font des expériences avant de revenir à la case départ en se disant : « Au fond de moi, je l'ai toujours su ! » ; d'autres, ne trouvent jamais leur place.

– Donc toi, ce que tu veux, c'est peindre ?

– Aujourd'hui, je sais que ma véritable vocation est de devenir une artiste et de transmettre ma passion, mais aussi et surtout, d'être une maman qui voit ses enfants grandir en étant au plus proche d'eux.

– Et moi, tu me vois faire quoi, plus tard ?

– Juliette ! Arrête d'embêter maman avec tes questions, il y a plus important.

– Quoi ? dit Juliette agacée.

– Je ne sais pas comment papa va réagir quand on lui dira qui était réellement Adeline et ce qu'elle a fait à maman.

Nous n'allons pas tarder à le savoir, je me gare dans l'allée de la maison.

Moteur à peine coupé, les filles sortent de la voiture en courant vers la maison.

En entrant à l'intérieur, Jean, Valentin et Louison font cercle autour de Juliette et Clémentine qui déballent ce que nous avons rapporté du marché.

Visiblement, la migraine de Jean a disparu puisqu'il est souriant. Je les laisse tous les cinq commenter nos achats. J'en profite pour rester en retrait, à contempler Jean discrètement.

Jean que je connais depuis si longtemps !

Jean que j'ai aimé à l'instant où nous nous sommes rencontrés.

Jean, l'homme en qui j'avais une confiance aveugle.

Je ne me suis jamais demandé si, lors de ses déplacements, il pourrait être tenté de faire d'autres rencontres. Au commencement de notre vie de couple, nous passions nos soirées au téléphone, lorsqu'il s'absentait. Avant mon départ, nous en étions arrivés à un bref appel ne dépassant pas les deux minutes.

En le détaillant, je cherche un regard ou un geste qui le trahirait, je sais que je ne trouverai rien. Nous avons eu un moment d'éloignement, rien de plus.

À mon retour, je lui ai raconté ma rencontre avec Adeline, les échanges que nous avons eus, sa problématique et les raisons de sa démarche, ses projets… Il sait tout. *Comment a-t-il pu ne pas faire le rapprochement ? Pourquoi n'a-t-il pas réagi ?* Lorsque je lui révélerai ce qui vient d'arriver, je verrai bien comment il se défendra et les causes qu'il évoquera pour avoir eu ce comportement.

– Papa, devine qui maman a vu sur le parking ?

– Non ! C'est moi qui lui dis, intervient Clémentine.

Jean me regarde d'un air interrogateur. Je me rapproche d'eux. Un voile de tristesse s'empare de mon visage. J'ai chaud, mes joues se colorent légèrement. Je remonte les manches de mon gilet que je n'ai pas encore retiré.

– Adeline !

L'angoisse monte. *De quoi ai-je peur ?*

– Adeline ? demande Jean.

– Adeline, la femme avec qui maman a fait la moitié de son séjour, et qui est ton ancienne assistante de direction !

Jean me dévisage, surpris. Il s'adresse à moi, complètement abasourdi.

– Tu veux dire que tu as passé presque trois semaines avec Adeline et qu'elle t'a caché sa véritable identité ?

– C'est la raison pour laquelle je n'avais plus de nouvelles d'elle.

– Tu es certaine que c'est bien elle ? Ça ne lui ressemble pas de jouer double jeu.

– Certaine à cent pour cent. Elle me l'a révélé tout à l'heure. Elle savait qui j'étais avant de me rencontrer. Elle a fait le choix de ne rien me dire.

– Dire que j'ai travaillé avec Adeline presque sept années, et que je découvre sa vraie personnalité uniquement maintenant !

Jean est tout aussi choqué que je l'ai été lors de la confidence d'Adeline. Probablement pas pour les mêmes raisons que moi…

– Qu'elle me plante un beau matin m'a surpris. Avec le recul, j'ai compris pourquoi. J'ai d'ailleurs failli lui téléphoner pour m'excuser, mais je ne savais pas comment aborder le problème, et le temps a filé. Mais te faire ça à toi ! Qu'est-ce qu'elle cherchait ?

Sa surprise est sincère. Elle me rassure et me confirme que je connais bien mon mari.

– On en reparlera plus tard. Pour le moment, il y a un bon repas qui nous attend.

Je détourne le sujet. Les enfants n'ont pas à être témoins de cette conversation, elle ne les concerne pas.

Je me dirige vers la cuisine où le poulet rôti et les pommes de terre, achetés au marché, ne demandent qu'à sortir de leur sac, avant d'annoncer que le repas est prêt.

Le déjeuner se déroule dans la bonne humeur, tout comme l'après-midi.

Jean ne laisse rien paraître de ce qu'il ressent après cette bombe. J'essaie de ne pas trop me poser de questions, même si elles se succèdent dans ma tête. *Si Adeline avait accepté la proposition de Jean de boire un verre à l'extérieur, que ce serait-il passé ? Si Adeline avait eu des mœurs légères, jusqu'où Jean aurait-il pu aller ?* Je peux comprendre un moment de souffrance. J'étais distante, repliée sur moi-même, Jean a cherché du réconfort. Rien de plus.

Lorsque j'étais au plus bas, une telle découverte ne m'aurait pas bousculée à ce point. Elle aurait confirmé que rien n'allait dans ma vie, et je me serais apitoyée sur mon sort.

Aujourd'hui, je ne suis plus la même personne qu'il y a encore quelques semaines. Je sais qui je suis. Je sais que je suis une femme affirmée, qui a des tas de projets et encore tellement à découvrir. Je sais quelle est ma véritable vocation, quel est mon but en cette vie, quelles sont mes missions. La personne de Sophie Cordon née Rivière n'a plus de secrets pour moi ! Cette femme déterminée, assurée vers un avenir serein, sait qu'elle aurait pu pardonner à Jean s'il avait été trop loin avec Adeline. Cette femme sait que pardonner, c'est se libérer. Mais attention, pardonner ne veut pas dire tout accepter !

Je suppose qu'il s'agit d'une épreuve supplémentaire dont j'ai besoin pour renforcer la confiance que j'ai en notre couple et vérifier sa solidité. J'ai douté à un moment, la réponse me vient aujourd'hui.

Une fois les enfants couchés, je descends les escaliers à pas de fourmi. Mes jambes tremblent. *De quoi ai-je si peur ? D'une révélation bien pire que celle d'Adeline ?* Je me suis persuadée tout l'après-midi qu'il n'y avait rien de grave et que cette double trahison n'est qu'une contrariété passagère.

Trahison de la part d'Adeline en jouant double jeu ; trahison du côté de Jean en omettant de m'évoquer sa tentative de rapprochement avec Adeline. Il n'y a eu que tentative, pas de quoi s'alarmer.

En arrivant dans le salon, Jean se tient debout face au couloir avec un grand sourire. Une chose est sûre, c'est que nous voulons tous les deux éclaircir ce mystère.

– Jean, il faut que je te parle d'Adeline.

– Moi aussi.

Nous nous asseyons dans le canapé. Je garde une certaine distance afin que nos corps ne se touchent pas, je serai plus à l'aise pour lui parler.

Je lui détaille ma rencontre surprise en lui révélant les moindres détails de mon échange avec Adeline. Il m'écoute attentivement sans chercher à m'interrompre. Son visage est fermé.

Il me prend la main gauche, me la caresse doucement avant de me demander pardon.

Aïe ! S'il me demande pardon, c'est que je risque de ne pas aimer la suite !

– Je n'ai aucune excuse. Jamais je n'ai regardé une autre femme que toi avec envie. Adeline était plus qu'une simple secrétaire. Elle était comme une amie, une confidente. Je l'appréciais pour son travail, sa personnalité, sa conversation.

– Elle te plaisait ?

– Je ne comprends pas ce qui m'a poussé à changer mon regard sur elle. Elle m'intéressait uniquement en tant qu'excellente collaboratrice. J'étais comme un chien sans maître, j'avais perdu mes repères sans ton regard sur moi.

– Lorsque tu lui as proposé ce fameux verre qui a tout déclenché, quelles étaient tes intentions ?

– Je ne le sais pas moi-même. Notre couple allait mal, j'en souffrais, j'avais peur des raisons pour lesquelles tu t'éloignais de moi. Je ne savais pas vers qui me tourner. Je ne voulais pas révéler à ma famille ni à mes amis que notre couple n'était plus au beau fixe. J'avais peur du jugement, des réactions, de décevoir.

Ses mots me soulagent. Le stress de la journée tombe. L'appréhension d'une annonce bien pire s'évapore. Je fonds en larmes. Des larmes de soulagement.

– C'est moi qui te demande pardon. Pardon de ne pas avoir su te parler. Pardon de t'avoir exclu de la boucle.

Je me jette dans ses bras, et continue de pleurer sur son épaule. Je pleure, je ris, je tremble, mon corps n'est plus qu'un mélange d'émotions ; une confusion totale.

– Nous sommes tous les deux fautifs de ne pas avoir su communiquer.

Jean a raison, la communication fut notre point faible. Pourtant, nous nous disions tout... Jusqu'à ce que je commence le bilan de ma vie. Jusqu'au moment où une lassitude s'est emparée de moi avec une envie de changement, un sentiment de frustration, une peur de l'avenir... Les années passent, et ma remise en question m'a révélé que je ne faisais qu'attendre. Attendre une certaine gratitude pour être la femme qui était à la fois une mère, une épouse, une cuisinière, un réveil, une maîtresse d'école, une infirmière, un somnifère. J'avais l'impression d'être la seule dans cette maison à travailler 24 h/24 sans jour de repos, ni jour de congé, pas même pour maladie, et le tout, sans être payée ! Sans parler de la question qui m'horripilait : « Qu'est-ce que tu as fait aujourd'hui ? ».

Toute cette colère m'a quittée grâce à la résilience. J'accepte !

J'accepte de prendre du temps pour moi sans culpabilité.

J'accepte que la maison ne soit pas toujours bien rangée.

J'accepte de tout laisser en plan pour faire une activité avec ma famille.

– Tu veux bien me pardonner ?

Je réponds en le prenant une nouvelle fois dans mes bras.

– Et toi ?

Il me dépose un baiser en toute délicatesse sur les lèvres.

Nous nous promettons de ne plus laisser ni les mauvaises habitudes ni la routine se mettre en travers notre chemin et d'apprendre à les apprivoiser.

– Est-ce que tu serais d'accord pour que je téléphone à Adeline afin de m'excuser ?

– Bien sûr ! C'est aussi ce qu'elle souhaite. Elle aimerait s'expliquer et que tu lui pardonnes son plan machiavélique.

– Je suis tellement désolé de cette méprise.

– Tu lui as rendu service. Cet incident lui a permis d'entreprendre la même démarche que moi et de découvrir qui elle était !

– Et qui est-elle ?

– Une future herboriste belge !

Nous terminons cette soirée dans la complicité et tout en tendresse.

Postface

– J'adore votre jardin ! Un havre de paix !

– Merci Adeline. J'avoue que je l'apprécie beaucoup. Il a une exposition idéale : d'un côté l'ombre des arbres, de l'autre le soleil avec son exposition plein sud. Il nous suffit de déplacer la table en fonction de nos envies.

– Merci Sophie ! Merci Jean ! Ce fut un barbecue très agréable. Vos enfants sont vraiment adorables. Ne le dites pas aux autres, mais Juliette et sa répartie m'ont particulièrement amusée.

– Oui, Juliette nous surprend tout aussi bien par sa franchise décapante que par ses remarques justes et piquantes. Elle nous pousse à chercher au fond de nous des réponses auxquelles nous ne pensions pas.

– Sa spontanéité vous entraîne à vous surpasser.

– Nous n'avons pas le choix, tant que la question n'est pas clairement élucidée, elle insiste.

– Ils ont chacun une personnalité bien à eux. Votre compagnie est un régal.

– Le temps passe toujours plus vite en bonne compagnie ! dis-je à Adeline avec un grand sourire.

Jean, Adeline, les enfants, le soleil, un bon repas, quelle belle journée !

– En cas de petits maux, nous penserons à toi.

– Pas que pour les petits, nous pouvons utiliser les bienfaits des plantes dans de nombreux domaines.

– J'ai hâte que tu me fasses un cours particulier !

– Compte sur moi !

– De ton côté, tu as vraiment bien avancé. En quatre mois, tu as terminé les démarches administratives, les interventions des artisans sont programmées et tu débutes en même temps que la rentrée des enfants ta première formation alliant l'art à la relaxation. Jean, tu peux être fier de ta femme !

– Je suis admiratif de son travail et certain qu'elle va continuer à nous épater.

Jean me regarde amoureusement.

– Vous êtes beaux !

– Et toi, à quand l'amour ?

– Je n'ai pas le temps en ce moment.

– Tu te réserves pour un petit Belge !

Nous pouffons tous les trois de rire.

Remerciements

Merci à ma famille pour votre soutien infaillible et vos encouragements.

Merci à Madame Beaumont pour votre aide précieuse et vos retours avisés. Je ne vous dirai jamais assez merci !

Merci à mes amies pour l'accueil que vous avez réservé à mon premier roman, ainsi qu'aux rencontres lors de salons, dédicaces, rencontres spontanées...

Merci à Monsieur Guignaudeau pour vos encouragements et votre soutien.

Merci à toutes les personnes qui ont eu des paroles bienveillantes et soutenantes. Vos retours porteurs m'ont donné l'envie de poursuivre sur le chemin de l'écriture et de l'édition.

Vos questions m'ont permis de m'en poser à mon tour, et d'aller chercher au fond de moi le dépassement nécessaire pour me livrer à nouveau à vous. Votre générosité est mon moteur.

Pour me contacter via Facebook :

@valerie.regnier.auteure

Date dépôt légal : juin 2023

Code ISBN : 9798389976986

Marque éditoriale : Independently published

Printed in Great Britain
by Amazon

26276015R00121